PAUL MAAR

LORNA

Novelle

S. FISCHER

Erschienen bei S. FISCHER

Für diese Ausgabe:
© 2025 S. Fischer Verlag GmbH,
Hedderichstr. 114, 60596 Frankfurt am Main
Die Nutzung unserer Werke für Text- und Data-Mining
im Sinne von §44b UrhG behalten wir uns explizit vor.
Satz: Dörlemann Satz, Lemförde
Druck und Bindung: CPI books GmbH, Leck
ISBN 978-3-10-397700-4

Kontaktadresse nach EU-Produktsicherheitsverordnung:
produktsicherheit@fischerverlage.de

In memoriam
Barbara Maar

1

Unser Hochhaus hatte nur acht Stockwerke, weil damals der Stadtpfarrer Ankenbrand noch lebte. Dazu kamen irgendwann sechs andere Häuser mit zwölf und sogar vierzehn Stockwerken. Da war Ankenbrand dann schon tot.

Weil die sieben Hochhäuser in einer Reihe nebeneinander standen und unser niedriges genau in der Mitte, wirkte es immer ein bisschen wie der abgebrochene Zahn von Toni Liebert.

Dem hatte nämlich Lorna beim Fußballspielen auf dem Kirchplatz den Ball genau ins Gesicht geschossen. War keine Absicht. Der Zahn war hinterher trotzdem eine Ruine. Lorna war eine gute Spielerin, und jeder wollte sie in seiner Mannschaft haben.

Da waren wir noch Kinder, und Ankenbrand hat noch gelebt.

Später durften wir nicht mehr vor der Kirche Fußball spielen.

Schuld daran war der Taubenkot auf dem Kniekissen der alten Frau Seemüller. Sie beschwerte sich darüber bei Pfarrer Ankenbrand.

Der ging der Sache auf den Grund und entdeckte ein Loch in einem der bemalten, bleiverglasten Kirchenfenster. Das hatte den Heiligen Sebastian von einem Pfeil in seiner linken Hüfte befreit. Wo vorher das gefiederte Geschoss gesteckt hatte, befand sich nun ein ballgroßes Loch, das helles Tageslicht ins Kirchenschiff einließ. Leider auch die gefiederten Tauben. Da sich ein solches Loch nicht von alleine aufgetan haben konnte, musste die Ursache ergründet werden. Die fand sich schnell.

Die Folge war, dass wir unser Fußballspiel vom Kirchplatz in den Hinterhof der Bäckerei Brändlein verlegten. Bis wir auch da vertrieben wurden.

Zu Lebzeiten war Pfarrer Ankenbrand ein einflussreicher Bürger der Stadt gewesen, mit vielen Kontakten zu Stadträten und Honoratioren, jedenfalls hochgestellten Herrschaften. Lornas Mutter nannte sie so.

So hatte er einen Beschluss durchsetzen können, der es untersagte, dass profane Bauwerke die gottgeweihten überragten. Genauer gesagt deren Glockentürme. Die Silhouette einer Stadt sollte geprägt sein durch die aufragenden Kirchturmspitzen.

Vielleicht hatte er sich mit Kaminski, seinem evangelischen Kollegen, darüber unterhalten. Sie trafen sich jeden Mittwochnachmittag zusammen mit dem

Hauptlehrer Dorsch zum Skatspielen im Nebenzimmer der Gastwirtschaft Goldener Hirsch.

Hubert, der Sohn vom Wirt, hatte mir erzählt, dass sie dabei nicht nur Bier trinken, sondern auch jedes gewonnene Herz-Solo mit einer Runde Zwetschgenschnaps begossen.

Vielleicht war das die Erklärung für die rote Nase von Pfarrer Ankenbrand. Lorna sagte damals, es komme eher vom Messwein, an dem er nicht nur nippte, wenn er sagte: »Dies ist mein Blut, das für euch vergossen wird!«

2

Alle in unserer Clique waren mehr oder weniger in Lorna verliebt. Wir schwärmten uns gegenseitig vor, wie gut ihr die langen roten Haare standen und wie sehr die grünen Augen dazu passten.

Irgendwie irisch, nannte es Roland.

Dabei war uns natürlich klar, dass sie nicht direkt aus Irland kam. Ihre alleinerziehende Mutter, Frau Grassnitzer, war aus Penzberg zu uns ins Hochhaus gezogen. Frau Grassnitzer hatte dunkelblonde Haare. Lorna hatte ihre Haarfarbe wohl vom Vater geerbt. Der war britischer Soldat gewesen, und hatte Lornas Mutter schon vor der Geburt seiner Tochter Richtung Belfast verlassen.

Frau Grassnitzer wohnte mit Lorna im fünften Stock, ihre Flurtür lag rechts von der Treppe, wenn man von unten kam, unsere links.

Da bei Frau Grassnitzer das schmale Glasfenster in der Flurtür im Gegensatz zu dem von unserer Wohnung nicht durch einen Vorhang auf der Innenseite vor neugierigen Blicken geschützt war, konnte ich es mir nie verkneifen, auf dem Weg zum Aufzug einen großen Bogen in Richtung der gegenüberliegenden Tür zu machen, um einen heimlichen Blick in Lornas Wohnung zu werfen. Einmal habe ich sie dabei gesehen, wie sie im Bademantel aus der Toilette kam. Ich habe mich ganz schnell zurückgedreht und bin zurückgestürzt, bevor sie mich hätte entdecken können.

Ein Stockwerk unter uns wohnte Magnus Schmidt.

Er hatte Kinderlähmung bekommen, als er vier oder fünf war. Seitdem war sein rechtes Bein verkürzt, und er hinkte. Auch der rechte Arm hat seinen Teil abgekriegt, der war halb gelähmt.

Wir alle haben ihn Hinkebein genannt, auch Lorna.

Deswegen waren wir alle überrascht, als sich Lorna ausgerechnet in Magnus verliebte.

Ich schätze, da war auch ein Großteil von dem im Spiel, was meine Mutter Helfersyndrom nannte.

Ich erinnere mich an eine Szene im Sportheim des Fußballklubs. Der Pächter, Herr Treutlein, betrieb ein kleines Restaurant, in dem es ein täglich wechselndes billiges Mittagessen gab.

Obwohl wir alle aus bürgerlichen Familien stammten, zu deren Ritualen das tägliche Mittagessen gehörte – zweimal Fleisch in der Woche, Fisch am Freitag – gönnten wir uns manchmal einen Nachschlag im Sportheim.

Das Heim hatte langgestreckte Fenster, die von der Decke bis zum hölzernen Sockel reichten. Sie wurden wohl nie geputzt. Ein Sperling war einmal gegen die Scheibe geknallt und hatte einen Blutfleck hinterlassen, der sich in einem blutigen Streifen fortsetzte.

Ich hatte mich auf die Zehenspitzen gestellt und nach unten, draußen geblickt. Der mutmaßliche Leichnam des verunglückten Vogels war nicht zu sehen. Entweder er hatte den Aufprall doch überlebt, oder er war die Beute von Herrn Treutleins einäugigem Kater geworden.

Typisch für die Sportheim'sche Gaststätte waren die wild geblümten Wachstuch-Tischdecken. Ihre Oberseiten waren ausgebleicht und deutlich heller als die Teile, die senkrecht vom Tischrand hinabhingen.

Diese abwaschbaren Tischdecken waren wohl der Grund, weshalb Hinkebeins exotische Tischsitten nie gerügt wurden, obwohl er jedes Mal eine Pfütze rings um den Tellerrand hinterließ, die sich konzentrisch um den Teller erweiterte und manchmal sogar den Tischrand überschritt.

An diesem Tag saß Lorna mit Hinkebein an einem der Nebentische.

Magnus hielt die Gabel in der verkrampften linken Faust, die Zinken steckten tief in einem panierten Schnitzel. Mit dem Messer in der rechten Faust versuchte er mühsam, das Fleisch zu schneiden, und beugte sich im Rhythmus des Schneideversuchs heftig atmend vor und zurück.

Wir an den Nebentischen lachten zustimmend, denn wir hatten den Eindruck, er wolle uns demonstrieren, was für ein zähes Schnitzel Herr Treutlein ihm mal wieder aufgetischt hatte.

Bis wir durch ein vorwurfsvolles Zischen Lornas begriffen, dass sein unbeholfener Umgang mit Messer und Gabel nicht gespielt war.

Lornas Mutter, Frau Grassnitzer, war eine praktisch veranlagte Frau. Als sie endlich akzeptiert hatte, dass ihre eindringlichen Rat- und Vorschläge Lorna nicht davon abhalten konnten, weiter mit Hinkebein zu verkehren, ließ sie sich den rechten Stiefel Hinkebeins geben, brachte ihn zum Schuster Scheich mit dem Auftrag, eine dicke, doppelte Sohle aufzukleben. Danach war die Beinlänge etwa gleich, und das Hinken von Magnus kaum noch zu erkennen.

Hinkebein und Lorna hatten sich überreden lassen, mit einer Freundin, Barbara Mattenhaus, in eine Diskothek zu fahren.

Lorna war eine leidenschaftliche Tänzerin, Magnus ein leidenschaftlicher Zuschauer.

Barbara hatte gerade ihren Führerschein gemacht, und ihr großzügiger Vater hatte ihr seinen Lieferwagen überlassen. Einen Kastenwagen, in dem er sonst Gemüse und Obst ausfuhr. Er war Gärtner.

Der Streit, wer neben Barbara auf dem Beifahrersitz Platz nehmen durfte und wer hinten in den Kasten zu kriechen hatte, wurde von Lorna salomonisch gelöst. Sie kroch mit Magnus in den Kasten.

Da saßen sie dann während der Fahrt, eng aneinander gelehnt, die angezogenen Beine auf den geriffelten Blechboden gestellt.

Leider kam Barbara von der Straße ab, fuhr über den Seitenstreifen, und das Auto stürzte, sich mehrfach überschlagend, eine steile Böschung hinunter, bis es schließlich auf dem Dach liegen blieb.

Magnus war sofort tot.

Lorna wachte im Krankenhaus auf.

Ihre Gesichtsknochen waren mehrfach gebrochen, der Unterkiefer hatte am meisten abgekriegt.

Die Ärzte verschlossen den Ober- und Unterkiefer für mehrere Wochen mit Draht. Lorna konnte danach nur Flüssigkeiten über einen Strohhalm zu sich nehmen und kaum sprechen.

Das für mich und wahrscheinlich auch für sie Schlimmste war das verletzte Auge. Der Augapfel war verdreht, die Pupille hing im rechten Augenwinkel fest.

Ich hätte nie gedacht, dass eine vertraute Freundin so fremdartig und geradezu unbekannt aussehen kann, wenn das Auge nicht an seinem Platz ist, scheinbar intensiv die eigene Nase begutachtet und keine Anstalten macht, mal geradeaus zu blicken.

Lorna bekam auch dies mit der ihr eigenen Be-
harrlichkeit in den Griff.

Man hatte ihr bei der Entlassung aus der Klinik
ein Übungsheft zur Augengesundheit geschenkt.
Nach dessen Anweisung musste sie ein Lineal in
einiger Entfernung so vors Auge halten, dass sich
der Nullpunkt des Lineals vor ihrem halbversteck-
ten Augapfel befand. Sie sollte nun versuchen, jeden
Tag ein wenig weiter zu kommen, von der Markie-
rung, die den ersten Zentimeter anzeigte, zum zweiten, nach ein paar Wochen zum dritten.

Als sie es geschafft hatte, das Auge bis zur Markie-
rung zwölf Zentimeter zu drehen und den Augapfel auch dort zu halten, war für mich die gewohnte
Lorna wieder auferstanden.

3

E twas haben wir gemeinsam«, sagte Lorna.
»Wirklich nur etwas?«, fragte ich.

»Ich meinte nicht, dass wir *nur* etwas gemeinsam haben, sondern dass es etwas gibt, das wir beide …«

»… das wir beide haben«, ergänzte ich. »Und das wäre?«

»Unsere Mütter«, sagte sie. »Beide leben allein, ohne Partner. Mein Vater ist abgehauen nach Irland. Das Einzige, was er mir hinterlassen hat, sind meine roten Haare. Dein Vater zahlt immerhin noch für dich und deine Mutter, auch wenn ihr getrennt seid. Wann ist er eigentlich bei euch ausgezogen?«

Ich war in der dritten Klasse der Grundschule, als sich meine Eltern trennten. Eigentlich hat sich mein Vater von meiner Mutter getrennt. Sie hätte es bestimmt noch ein bisschen mit ihm ausgehalten, auch wenn sie sich häufig stritten.

Der Scheidungsgrund war eine Marietta, in die er sich verliebt hatte.

Er hat sie mir einmal vorgestellt. Marietta sagte, ich sähe aus, wie ihrem Liebsten aus dem Gesicht geschnitten.

Mein Vater, den sie ihren Liebsten nannte, hat ein ovales, fast rundes Gesicht, eine hohe Stirn unter den früh ergrauten, glatten Haaren, und er trägt eine Brille mit schmalem schwarzen Rand. Seine Augen stehen nicht waagrecht auf gleicher Höhe, sie sind an den Außenrändern leicht nach unten geneigt. Wenn man die Augenlider durch eine gedachte Linie verbinden würde, entstünde die Form eines sanft geschwungenen Bogens, wie ihn etwa eine auf dem Tisch liegende Gabel zwischen dem Griff und dem Gabelkopf bildet.

Auf beiden Seiten der Nase haben sich Falten gebildet, die seinem Gesicht einen Ausdruck geben, als würde er immer lächeln.

Marietta versuchte damals gleich, mich auf ihre Seite zu ziehen, und spendierte mir einen Eisbecher.

Ich werde nie begreifen, was an ihr besser sein soll als an meiner Mutter. Aber wo die Liebe hinfällt, da bleibt sie liegen. Nur: Sie hätte ja nicht unbedingt auf diese Marietta drauffallen müssen!

Mariettas Gesicht ist so was von angemalt!

»Überschminkt«, nennt es Lorna, die sie einmal sah. »Sogar die Augenbrauen hat sie schwarz nachgezogen. Darunter schauen noch die echten raus. Da sieht man, dass sie in Wirklichkeit brünett ist.«

Ich stelle mir vor, dass Marietta sich abends im Bad abschminkt. Dann knipst sie schnell das Licht aus, wenn sie ins Schlafzimmer kommt, wo mein Vater schon im Bett liegt, damit er nicht ahnt, wie sie in Wirklichkeit aussieht. Ungeschminkt.

Sie trägt fast immer gelbe Kleider. Ein gelbes Oberteil, darüber eine ockerfarbene Jacke, eine dunkelgelbe enge Hose und zitronenfarbene Turnschuhe.

Wenn ich mich nicht täusche, habe ich bei ihr auch eine gelbe Sonnenbrille gesehen. Der Rahmen war gelb, nicht die Gläser. Die schimmerten grünlich.

Vor einiger Zeit machte mein Vater meiner Mutter den Vorschlag, dass sie und Marietta sich gemeinsam treffen, vielleicht mal zusammen essen gehen könnten.

Meine Mutter lehnte empört ab.

»Dabei habt ihr doch den selben Geschmack in Bezug auf Männer«, versuchte er zu scherzen.

»Deine Schlampe interessiert mich kein bisschen«, behauptete sie. »Vergiss es. Ich will nichts von ihr wissen.«

Hinterher ließ sie sich aber von mir minutiös schildern, wie Marietta aussieht und wie sie so ist.

Ich erzählte, was ich von Marietta wusste, und stellte eher ihre unschönen Seiten in den Vordergrund, weil ich überzeugt war, dass meine Mutter dies gerne hörte.

»Womit verdient dein Vater eigentlich sein Geld?«, fragte mich Lorna ein andermal.

»Komm einfach dazu, wenn er mich mal wieder ins Sportheim einlädt«, schlug ich vor. »Dann kannst du ihn selber fragen:«

»Warum so umständlich?«, sagte sie. »Oder hat er einen so zweifelhaften Beruf, dass du ihn lieber verschweigst?«

»Was wäre denn ein zweifelhafter Beruf?«, fragte ich.

»Angestellter in der Tierkörperbeseitigungsanstalt«, schlug sie vor.

»Ein längeres Wort ist dir nicht eingefallen?«, sagte ich lachend. »Nein, er arbeitet im Fundbüro.«

Er ist da der Chef vom alten Herrn Wenders, der vor ihm Leiter des Fundbüros war, nun aber Rentner ist und dreimal in der Woche kommt, um mitzuhelfen.

Viel zu helfen gibt es eigentlich nicht.

»Du kannst kaum glauben, was alles verlorengeht«, sagte ich.

»Was denn zum Beispiel?«, fragte Lorna.

»Sogar eine Waschmaschine ist bei ihm abgegeben worden. Sie stand noch im Bus, als der Fahrer Feierabend gemacht hat und ins Depot gefahren ist. Einmal hat mein Vater mir die Asservatenkammer gezeigt, wo die Fundstücke aufbewahrt werden.«

»Da wäre ich gerne dabei gewesen«, sagte sie.

Im Regal standen ein Brummkreisel neben einer Pelzmütze und ein Wasserkocher neben dem Karl-May-Band *Der Schut*. Sogar ein ausgestopfter Terrier mit braunen Glasaugen war darunter.

Das Spannendste für mich war ein Spazierstock. Es war kein normaler, üblicher Stock. Das heißt, der Stock selbst bestand ganz üblich aus dunklem, lackiertem Holz. Unüblich dagegen war der Griff in Form eines silbernen, gehörnten Drachenkopfes. Ich fragte mich, wer so einen exotischen Stock besessen hatte, bevor er ihn dann in einer öffentlichen Toilette stehen ließ. Der Fundort stand auf einem vergilbten Zettel, den man dem Drachen ins geöffnete Maul geschoben hatte.

»Wann und wie haben sich deine Eltern eigentlich kennengelernt?«, wollte Lorna wissen.

»Das hat mein Vater gerne erzählt«, sagte ich. »Und meine Mutter hat es gerne gehört.«

In seiner Erzählung war mein Vater achtzehn oder neunzehn, hatte das Abitur gerade noch geschafft, sich zur Belohnung ein Zugticket besorgt und war nach Budapest gefahren, um die ungarische Hauptstadt kennenzulernen.

Der offizielle Umtauschkurs von D-Mark in ungarische Forint war staatlich festgelegt. Man bekam nicht gerade viele Forints fürs deutsche Geld. Dabei war die D-Mark sehr begehrt. Kein Wunder, dass sich ein lebhafter Schwarzmarkt entwickelte, bei dem man das Zehnfache für das deutsche Geld erhandeln konnte.

Mein Vater war kaum in Budapest angekommen, da sprach ihn in einem düsteren Durchgang zwischen zwei Kleidergeschäften ein Mann auf Deutsch an und fragte, ob er daran interessiert sei, schwarzzutauschen. Mein Vater stimmte zu.

»Das ging bestimmt schief«, sagte Lorna, als ich ihr Vaters Geschichte erzählte.

Mein Vater hatte zwei Geldscheine in einem Brustbeutel aus weißem Leder stecken, den er unter dem Hemd an einem Band trug: einen Hunderter und einen Fünfziger. Der Mann machte ein großzügiges Angebot: tausend Forint für den Hundertmarkschein, und zeigte einen grünen Forintschein vor, auf dem deutlich die Zahl 1000 zu erkennen war. Mein Vater kramte den Hunderter aus dem Brustbeutel, reichte ihn seinem ungarischen Gegenüber und bekam einen grünen Schein in die Hand gedrückt.

In diesem Augenblick kam ein streng aussehender Mann im langen Ledermantel von der anderen Seite der Passage und herrschte Vaters Tauschpartner in scharfem Ton an, fasste ihn beim Arm und führte ihn weg.

Mein Vater war erleichtert. Er hatte den eingetauschten Geldschein hastig in der Jackentasche verschwinden lassen und sich schon wegen illegaler Geldgeschäfte auf einer ungarischen Polizeiwache gesehen. Es war gerade noch mal gutgegangen.

»Dachte er, dachte er!«, sagte Lorna. »Hab ich recht?«

Sie hatte recht.

Als er in einem Café einen Kaffee und ein Stück Kuchen mit seinem Tausendforintschein zahlen wollte, rief das beim Kellner ein breites Lachen hervor: Mein Vater sei hier nicht in Jugoslawien. Die Dinare könne er wieder zurückstecken. Aber selbst dort bekäme er vielleicht eine Tasse Kaffee für diesen Tausenddinarschein, aber bestimmt kein Stück Torte dazu.

Mein Vater begriff, dass er auf ein abgekartetes Spiel hereingefallen war, und der Typ im Ledermantel mit dem Tauschpartner eine Art Theaterstück aufgeführt hatte. Bei meinem Vater hatte es bestens funktioniert, wie er mit großem Ärger und einem kleinen Gefühl der Anerkennung für den gelungenen Trick feststellen musste.

Der Geldverlust bedeutete, dass sein Geld jetzt nicht mehr für eine Rückfahrt mit der Deutschen Bahn reichen würde. Da er aber wusste, dass die Bahnpreise in Italien und Frankreich wesentlich niedriger waren, kaufte er sich vom verbliebenen Geld eine Fahrkarte nach Lyon und stieg umgehend in den Zug.

In Lyon arbeitete Tante Elvira, eine weitläufige Verwandte, als Lageristin für eine dort ansässige deutsche Firma. Von ihr würde er sich das Geld für die Rückfahrt ausleihen.

Er klingelte an der Tür mit ihrem Namensschild, als er die Straße und das Haus endlich gefunden hatte. Die Adresse hatte er in einem kleinen Notizbuch notiert, das in seiner Jackentasche steckte. Niemand öffnete. Auch ein wiederholtes Klingeln brachte keinen Erfolg.

Er setzte sich auf die ausgetretene Treppenstufe vor der Haustür und wartete.

Dort traf ihn das junge Mädchen an, das später meine Mutter wurde. Mit ihren kurz geschnittenen Haaren hätte man sie fast für einen Jungen halten können, wenn sich ihr Busen nicht so deutlich unter dem cremefarbenen T-Shirt abgezeichnet hätte.

»Woher willst du das wissen?«, fragte Lorna.

»Mein Vater hat es genauso erzählt«, antwortete ich. »Sie sprach ihn auf Französisch an. Soviel er verstand, sei sie zu Besuch bei Elvira, der Freundin ihrer Mutter, und wollte wissen, wer er sei und weshalb er hier sitze. Es scheint so, als hätten sich die beiden auf der Stelle ineinander verliebt. Jedenfalls kam sie mit ihm nach Deutschland. Ja, und dann wurde sie meine Mutter.«

»Wenn die Geschichte mit dem Geldumtausch so stimmt, wie du sie erzählst«, sagte Lorna, »kann man deinen Vater nur blauäugig nennen.«

»Nein, er hat braune Augen«, sagte ich, obwohl ich natürlich wusste, wie sie es gemeint hatte.

Sie tippte sich mit dem Zeigefinger an die Stirn. »Idiot!«

»Danke«, sagte ich.

»Kannst du mir sagen, wieso man blauäugig eigentlich immer mit naiv oder gutgläubig gleichsetzt?«, fragte sie.

»Vielleicht liegt es daran, dass blonde Menschen meist blaue Augen haben«, sagte ich.

»Ja, und?«

»Du kennst doch auch diese Blondinenwitze!«, sagte ich.

»Frauenfeindlich! Oder hast du schon mal einen Witz über einen blonden Mann gehört?«

4

Dass wir ein Paar wurden, geschah nicht nur für mich überraschend, sondern auch für Lorna selbst. Obwohl die Initiative von ihr ausgegangen war.

Sie war von zu Hause ausgezogen.

»Zwei Frauen in einer Küche, das kann manchmal gut gutgehen«, sagte sie. »Auch wenn das jetzt ein Pleonasmus ist.«

Lorna gefiel sich darin, selten gebrauchte Fremdwörter in eine ganz normale Küchenunterhaltung einzuflechten.

»Wie schlimm: ein Pleonasmus!«, witzelte ich.

Sie blieb unbeeindruckt. »Ist aber nicht gutgegangen. Meine Mutter fiel mir irgendwann auf die Nerven.«

»Und du ihr«, sagte ich. »Und dann bist du also ausgezogen.«

Lorna nahm sich ein Zimmer in einer WG, zusammen mit Katharina und Tanja.

Ihrem Vermieter war wohl während der Bauzeit des Hauses das Geld ausgegangen. Der Teil rechts vom Treppenhaus war fertiggestellt, wie man von außen sah. Da waren die quadratischen Fenster mit dunkel spiegelnden Glasscheiben geschlossen. Links vom Treppenhaus glotzten den Betrachter leere Fensterhöhlen missmutig an.

Um die Wohnungsmiete zahlen zu können, kellnerte Lorna im Sportheim.

Als ich mich wie üblich dort mit ihr traf, kam auch mein Vater dazu.

Er hatte mich wohl gesucht. Immer wieder aufs Neue wollte er die Bestätigung, dass ich ihn akzeptierte, obwohl er meine Mutter verlassen hatte. Wie ein Liebender, dem man immer wieder neu bestätigen muss, dass er wirklich geliebt wird. So war es auch bei mir. Lorna schenkte mir dieses Gefühl.

»Da bist du!«, sagte mein Vater, als sei er darüber überrascht. »Ich kam zufällig in die Gegend. Hast du mein neues Auto schon gesehen? Einen Opel Kadett. Ich habe ihn links vom Eingang geparkt.«

Er wandte sich an Lorna. »Ich hätte gerne ein Bier.«

»Einen Opel? Den kannst du dir leisten? Ehrlich?«, fragte ich.

»Sonst hätte er ihn nicht, diesen Kadett«, sagte Lorna lachend. Sie sprach dabei den Markennamen so aus, als wäre es ein amerikanischer Schlitten.

Sie nahm einen Schreibblock und einen Kugelschreiber aus der Schürzentasche. Offenbar erwartete sie eine größere Bestellung.

»Es bleibt beim Bier!«, reagierte er auf ihre Geste.

Sie steckte den Block in die Schürze zurück.

Er beugte sich zu mir und sagte: »Vor der Halle steht er, gleich rechts neben der Tür. Kannst dir den Wagen ja mal anschauen. Wir können gerne eine Probefahrt machen. Vorher ein Bier kann jedenfalls nicht schaden. Dann fährt es sich flüssiger.« Er lachte über seinen Kalauer. »Nur kein Pils.«

Er wandte sich wieder Lorna zu. »Euer Pils hier ist für meinen Geschmack zu bitter, stammt aus irgendeiner norddeutschen Massenproduktion. Das bayrische Pilsener kann man zur Not noch trinken. Ich hätte gerne ein Kellerbier!« Er drehte sich zu mir: »Das Pils hier ist wirklich bitter. Ich habe ihn natürlich gebraucht gekauft. Schließlich bin ich kein Manager bei Fichtel und Sachs.«

»Aber immerhin der Chef des Fundbüros«, ergänzte Lorna.

Ich schaute sie an und fragte mich, ob sie sich jetzt über meinen Vater lustig machte. Sie hatte ein Pokergesicht aufgesetzt. Die Frage blieb ungeklärt.

Auch mein Vater blickte sie skeptisch an, wandte sich aber dann an eine junge Frau am Nebentisch und verkündete noch mal seine Erkenntnis: »Ich trinke hier nie ein Pils. Sie trinken auch kein Pils, wie ich sehe. Das Pils hier …«

»… ist viel zu bitter«, ergänzte Lorna.

»Genau«, sagte er. »Du kannst es also auch bestätigen?«

»Ich kann es leider nicht bestätigen«, sagte sie. »Ich trinke nämlich hier nie ein Pils. Es wäre mir viel zu bitter.«

Sie lachte.

»Machst du dich jetzt lustig über mich?«, fragte er.

»Natürlich nicht. Ich würde mich nie über deinen Vater lustig machen«, sagte sie mit einem Seitenblick zu mir.

»Das will ich dir mal glauben«, sagte er. »Du und Markus, ihr seid also jetzt ein Paar!«

Lorna blickte mich an. »Hast du ihm das erzählt?«

»Nur angedeutet«, sagte ich schnell.

Sie sah mich an und schüttelte nachsichtig den Kopf, als wäre ich ein Baby, das mal wieder seinen Plastiklöffel in den Karottenbrei geschmissen hatte.

»Und was hast du ihm noch erzählt?«, fragte sie.

»Nichts«, sagten mein Vater und ich fast gleichzeitig.

Es stimmte. Dabei war ich durchaus versucht gewesen, ein bisschen damit anzugeben, dass ich nun ein »Mann mit Erfahrungen« war, wie es mein Freund Ludwig genannt hatte.

Ludwig war ein leidenschaftlicher Radfahrer gewesen, der –wenn man seine nächtliche Schlafenszeit nicht berücksichtigte – mehr Lebenszeit auf dem Fahrrad verbracht hatte, als sitzend, stehend oder gehend.

Ludwig hatte an einem Amateurrennen teilgenommen, war als Erster durchs Ziel gefahren, unmittelbar dahinter gestürzt und ohnmächtig geworden. Im Krankenhaus starb er dann. An einer Gehirnblutung, wie man hinterher diagnostizierte.

Ich habe manchmal dieses merkwürdige Gefühl, das fast an schlechtes Gewissen erinnert. So, als sei es unangemessen, noch gesund und am Leben zu sein. Wo doch schon einige meiner Freunde unter der Erde liegen, wie Magnus Schmidt oder jetzt Ludwig. Genauer gesagt, nur Ludwig. Die Überreste Hinkebeins ruhen in einer blauen Keramikurne in einer Mauernische des Städtischen Friedhofs.

Ich glaube wirklich, dass es auch für Lorna überraschend kam, dass wir miteinander schliefen.

Lornas, Tanjas und Katharinas Zimmer lagen nebeneinander und waren im nahezu gleichen pseudofolkloristischen Stil eingerichtet.

Wenn ich Lorna in ihrer WG besuchte, musste ich über ein graues, unverputztes Treppenhaus ohne Geländer in den ersten Stock steigen, mich dort durch einen mit Kartons und leeren, farbverschmierten Eimern vollgestellten Gang mäandern, um schließlich vor der einzigen Wohnung in dem ansonsten leerstehenden Haus anzukommen.

Öffnete ich dann die Tür, bot sich meinem Blick ein so krasser Gegensatz, dass man fast an eine Fata Morgana glauben konnte. Helles Licht, Fenstervorhänge, auf denen sich ein Blumenmuster links hinauf und rechts nach unten rankte, niedrige Wände, mit Batikstoffen bespannt, die mit Reißzwecken zuversichtlich an die Raufasertapete gepinnt waren, dieser Zuversicht aber nicht standhalten konnten.

Die oberen, äußeren Enden der Stoffe bildeten zwei herabhängende Dreiecke, in denen zum Teil noch die Reißnagel steckten, die sie hätten halten sollen. Das Schaffell auf dem Boden hätte Lorna ruhig mal waschen können. An der Wand stand ein Bett, das tagsüber als Sofa fungierte, überdeckt mit einem blassroten türkischen Kelim.

Auf diesem Bett liebten wir uns zum ersten Mal.

Ich war aufgeregt gewesen, als Lorna den Zimmerschlüssel gedreht und ihre Tür abgeschlossen hatte. Ein eindeutiges Signal für das nun Kommende. Würde ich gegen Hinkebein bestehen, mich dem Vergleich stellen können? Sie hatte mir ihre Erfahrungen voraus. Ich war noch unschuldig wie ein Säugling.

Als wir dann nackt auf dem schmalen Bett lagen, unsere Kleider in einem wuscheligen Haufen auf dem Schaffell, mein Hemd in inniger Umarmung mit ihren Leggins, als wollten die Kleider uns parodieren, war ich so erregt, dass ich mich schon ergoss, noch bevor ich in sie eindringen konnte.

Aber Lorna schaffte es, aus der Ruine wieder einen Turm zu bauen, so dass Katharina bald aus dem Nebenzimmer rief: »Könnt ihr euch nicht ein bisschen leiser lieben? Ich schau gerade Wim Thoelke!«

Katharina war in den Showmaster fernverliebt, inklusive Wum und Wendelin, und verpasste keine Sendung von *Der große Preis*. Sie saß dann auf dem Flokati-Teppich, das Fernsehgerät vor sich auf einem Stuhl.

Ihr »Färnsäherle«, wie sie es im breiten Schwäbisch nannte, hatte ein abgerundetes rotes Plastikgehäuse und war mit einer langen Verbindungsschnur mit der Zimmerantenne verbunden. Die Antenne endete in einem bogenförmigen Teil. Mit diesem in der Hand wanderte Katharina fast täglich durch ihr Zimmer, um den besten Empfangspunkt zu erkunden. Merkwürdigerweise änderte er sich oft, und sie musste das Antennenteil an immer neuen Möbelstücken befestigen.

Weil sie die Verbindungsschnur vom Fernsehgerät zum Antennenteil quer durchs Zimmer legte, kam es vor, dass sie mit dem Fuß daran hängen blieb, das Gerät dumpf vom Stuhl fiel und der Bildschirm nur noch helle Streifen zeigte, die phlegmatisch vor dunklem Hintergrund nach unten schwebten.

Von Tanja, Lornas anderer Nachbarin, hörte man selten einen Laut. Deswegen war es auch nicht auszumachen, ob sie überhaupt anwesend oder im Tierheim war, wo sie für die vielen herrenlosen Hunde zuständig war und dafür sorgte, dass die Tiere geimpft, gefüttert und entwurmt wurden, bevor sie nach einer Familie für sie fahndete.

Irgendwann stieß sie auf eine Zeitungsanzeige. in

der ein »Leiter für ein Tierheim in Reutlingen bei angemessener Bezahlung« gesucht wurde. Zwar konnte sie nur eine Leiterin anbieten, wurde aber genommen, kündigte den Mietvertrag, und ich zog in ihr frei gewordenes Zimmer ein.

Von meiner Mutter hatte ich mir die Erlaubnis dafür geholt, und die Zusage, dass sie mir monatlich einen Zuschuss für die Miete zahlte. Den Hauptanteil würde ich verdienen müssen. Ich hatte mich deswegen schon als Hilfskellner im Sportheim verdingt. Auch um Lorna nahe zu sein.

Das Erste, was ich in meiner neuen Behausung machte, war ein gigantischer Abwasch. Das schmutzige Geschirr stapelte sich neben, hinter und in der Spüle. Als ich Lorna vorwurfsvoll darauf ansprach, behauptete sie, dass sie schon die ganze Zeit daran gedacht habe, das schmutzige Geschirr in einer Plastikwanne zu verstauen, es auf dem Fahrrad ins Sportheim zu schieben und ihm dort in der Spülmaschine zu neuem Glanz zu verhelfen. Der Großabwasch war bis jetzt daran gescheitert, dass sie keine Wanne auftreiben konnte.

»Liebst du mich eigentlich?«, fragte sie, während sie mich von hinten umfasste. Ich legte den Spüllappen beiseite und drehte mich zu ihr.

»Das hab ich dir schon hundertmal gesagt«, antwortete ich.

»Das kann man nicht oft genug sagen«, beharrte sie.

»Dann sag ich es noch mal: Ich liebe dich, ich liebe dich, ich liebe dich. Hier ist das Handtuch. Fang bitte mit dem Abtrocknen an, sonst fällt das Geschirr noch von der Ablage!«

»Und wie zeigst du mir, dass du mich liebst?«, bohrte sie weiter.

Ich zuckte mit den Achseln.

»Die Liebenden in den Romanen steigen heimlich in eine Kutsche und flüchten nach Rom oder Neapel«, sagte sie.

»Als Beweis meiner Liebe muss ich also mit dir nach Neapel flüchten?«, fragte ich.

»Salzburg genügt.«

»Wie kommst du auf Salzburg?«, fragte ich.

Sie holte einen zusammengefalteten Zeitungsausschnitt aus der Hosentasche, entfaltete ihn und las vor: »Schlosskonzert. Schloss Mirabell, Marmorsaal, Mirabellplatz 4, 5020 Salzburg. Wollen wir uns das anhören?«

»Meinetwegen«, sagte ich.

»Das hört sich nicht gerade begeistert an«, sagte sie. »Ich weiß, du liebst Rockmusik.«

»Nein, eher modernen Jazz.«

»Der ist näher an klassischer Musik als Rock«, sagte sie. »Es wird dir gefallen.«

Ich stimmte zu.

Auf unserem Doppelplatz im Zug hatte sie erst den Kopf an meine Schulter gelehnt. Ich las ihr aus einer Taschenbuchausgabe Grimms Märchen vor.

»Es wimmelt nur so von bösen Stiefmüttern«, beschwerte sie sich. »Und wenn es mal eine gute Mutter gibt wie in Aschenputtel, dann ist sie schon gestorben.«

»Es scheint so, als ob damals die Frauen früh gestorben sind und die Männer neu geheiratet haben«, sagte ich.

»Wenn ich früh sterben sollte, würdest du dich dann auch gleich in eine Neue verlieben?«, fragte sie.

»Gleich nachdem ich die schwarze Krawatte wieder ausgezogen habe«, sagte ich.

Sie blickte mich zweifelnd an. »Ist das dein Ernst?«

Ich tippte ihr an die Stirn. »Glaubst du das wirklich? Ich würde jahrelang um dich trauern.«

Sie schien zufrieden zu sein. »Das gehört sich auch so!«

Im Lauf der Fahrt legte sie sich dann quer über unsere beiden Sitze, den Kopf auf meinem Schoß. Ich genoss diese liebevolle Geste und war fast enttäuscht, als der Zug am Salzburger Bahnhof hielt.

Am Tag nach dem Konzert – Mozarts Klaviersonate Nummer zwölf in F-Dur hatte auf dem Programmzettel gestanden – gingen wir Hand in Hand durch die Altstadt und machten Zukunftspläne.

Wir wollten beide das Abitur in Abendkursen absolvieren und studieren. Sie Psychologie oder Sozialpädagogik.

»Typisch für dich«, sagte ich. »Deine Mutter

spricht nicht umsonst bei dir von deinem Helfersyndrom.«

»Ich könnte auch Germanistik studieren«, überlegte sie. »Schließlich lese ich ungefähr zehnmal so viele Bücher wie du. Falls du überhaupt liest. Der Bücherstapel neben deinem Sessel sieht leicht verstaubt aus. Was ist denn dein Lieblingsbuch?«

»Das wirst du nicht kennen: *Tristram Shandy* von Laurence Sterne.«

»Auf Englisch?«

»Nein. So gut ist mein Englisch nicht. Außerdem ist es wahrscheinlich in einem altmodischen Englisch geschrieben. Ich lese es übersetzt.«

»Worum geht es da?«

»In dem Kapitel, das ich gerade lese, geht Tristram die Treppe rauf in den ersten Stock. Nach zwanzig Seiten ist er immer noch nicht oben.«

»Ist er gehbehindert?«, fragte Lorna.

Ich lachte. »Nein, der Autor erzählt gerne so ausschweifend.«

»Das wäre nicht mein Ding«, sagte sie. »Ich mag es, wenn der Autor gleich zur Sache kommt.«

»Oder die Autorin«, ergänzte ich. »Es soll auch Frauen geben, die Bücher schreiben.«

»Besserwisser!«, sagte sie mit leichtem Ärger in der Stimme.

»Und was ich studieren möchte, interessiert dich nicht?«, fragte ich.

»Du darfst es mir verraten«, erlaubte sie großmütig.

»Ich will einen Studienplatz an der Kunstakademie ergattern. Das ist nicht einfach. Man muss eine Mappe mit mindestens dreißig Arbeiten einreichen, um erst mal zur Aufnahmeprüfung zugelassen zu werden«, sagte ich. »Ich habe schon mehr als vierzig Bilder.«

»Beim Aussuchen der dreißig kann ich dir gerne helfen«, antwortete sie. »Ich persönlich mag am liebsten deine Tierbilder. Es fragt sich, ob die Professoren auch so tierlieb sind wie du.« Sie lachte. »Stell dir vor, einer ist mal von einem Hund gebissen worden und hat jetzt ein Hundetrauma. Der wendet deine vielen Hundebilder doch gleich um und legt sie aufs Gesicht.«

»Auf seines, damit er sie nicht sehen muss?«

»Du weißt, was ich meine!«, sagte sie lachend. »Lass uns was trinken gehen!«

Wir fanden ein Restaurant gleich in der Nähe. Die Gaststube im Erdgeschoss war voll besetzt, kein Tisch mehr frei. Wir entdeckten eine Treppe zum Obergeschoss, orderten an der Theke zwei Gläser Wein, mit denen wir dann in den oberen Stock hinaufstiegen, unbemerkt vom Wirt.

Als wir in einer Ecke Platz genommen hatten, kamen fünf Männer in Anzug und Krawatte nach oben, beachteten uns nicht oder entdeckten uns in unserer Nische nicht, diskutierten politische Fragen, tranken und gingen nach einer Weile wieder. Leider nahm einer von ihnen unseren Schirm mit, den wir in einen tonnenförmigen Behälter neben der Tür gesteckt hatten.

»Hast du erkannt, wer der Mann im blauen Anzug war?«, fragte Lorna.

Ich schüttelte den Kopf.

»Hast du ihn wirklich nicht erkannt? Er war doch draußen groß auf dem Wahlplakat zu sehen. Er ist der Landeshauptmann. Das ist so was wie bei uns der Ministerpräsident!«

»Dann werde ich an die Regierung schreiben, dass man uns unseren Schirm wieder zurücksenden soll«, sagte ich.

Das taten wir, als wir wieder zu Hause waren. Unseren Schirm bekamen wir trotzdem nicht zurück.

»Morgen kommt Irina zu Besuch«, sagte Lorna an einem Freitagabend. »Vielleicht auch Bobby. Sie will das Wochenende bei mir verbringen. Ich stelle sie dir vor.«

»Wer ist denn Irina?«, fragte ich.

»Meine Mutter hat eine alte Freundin …«, fing sie an.

»Wie interessant«, sagte ich.

»Unterbrich mich nicht mit ironischen Bemerkungen, hör lieber zu. Diese Freundin hat eine Tochter. Um die geht es.«

»Ist sie in unserem Alter?«, fragte ich.

»Schon ein bisschen älter. Sie arbeitet in einem Reisebüro.«

»Und wer ist Bobby?«

»Das ist sie auch.«

»Das verstehe ich jetzt nicht!« Ich war verwirrt.

»Ist auch nicht einfach zu verstehen«, sagte sie. »Ich habe eine Zeitlang gebraucht, bis ich das Ganze begriffen hatte. Sie ist eine multiple Persönlichkeit. Mal ist sie Irina, mal Bobby. Als Bobby spricht sie mit einer tiefen Männerstimme.«

»Sehr merkwürdig«, kommentierte ich.

»Sie war in psychologischer Behandlung. Zusammen mit dem Psychiater hat sie herausgefunden, dass sie als Kind vom Vater missbraucht wurde. Um diese Folter ertragen zu können, ist sie dabei in eine zweite Persönlichkeit geschlüpft und hat ihr den Namen Bobby gegeben.«

»Es klingt wie eine erfundene Geschichte. Wie Science-Fiction«, sagte ich.

»Ist aber wahr. Mal ist sie aufgewacht und musste feststellen, dass sie mit ihrem Auto auf einem Parkplatz in der Nähe von Kassel stand. Bobby hatte sie dorthin gefahren. Es klingt alles verrückt. Als sie Irina war, hatte sie hohes Fieber und Halsweh. Dann wurde sie zu Bobby, und Fieber und Halsschmerzen waren schlagartig weg.«

»Ich fürchte mich fast ein wenig vor ihr, wenn sie zu dir kommt«, musste ich zugeben.

»Zu uns«, verbesserte sie. »Irina weiß, dass wir ein Paar sind. Außerdem ist es unwahrscheinlich, dass sie ausgerechnet hier bei uns zu Bobby wird.«

Es wurde dann aber doch wahr.

Lorna, die das Kochen sonst meist mir überließ, hatte Zanderfilets, Reis und Salat zubereitet. Irina saß im lindgrünen Kostüm bei uns am Küchentisch, auf der Nase eine exotisch wirkende Schmetterlingsbrille. Es schien ihr zu schmecken, sie hatte nichts gegen einen Nachschlag. Als Dessert gab es Schokoladenpudding.

Gerade als Irina mit einem »Hat sehr gut geschmeckt, ich bin so was von pappsatt!« ihren leeren Teller zur Tischmitte schob, änderte sich plötzlich ihre Körperhaltung. Sie saß jetzt hoch aufgerichtet auf ihrem Stuhl und sagte mit einer tiefen Männerstimme: »Es gibt Fisch bei euch, wie ich sehe. Ich hoffe, ich kriege auch was ab!«

Ohne unsere Antwort abzuwarten, schaufelte sich Irina-Bobby ein übrig gebliebenes Fischfilet und einen großen Löffel Reis auf den Teller und aß alles mit großem Appetit auf, ungeachtet der Tatsache, dass Irina gerade verkündet hatte, sie sei so was von satt.

Als Irina und Bobby wieder weg waren, gönnten wir uns zur Erholung eine Erkundungsreise nach Tübingen.

Die Gaststätte des Sportheims war wie immer am Montag geschlossen, deshalb hatten wir beide keinen Dienst und konnten unbesorgt fahren.

Leider stellte sich in Tübingen heraus, dass auch die Kunsthalle am Montag Ruhetag hatte.

Ich war enttäuscht und ging mit Lorna zur Universität. Sie schaute sich das Gebäude an und setzte sich begeistert zwischen die Studentinnen und Studenten, die vor der Uni auf den Treppenstufen saßen und aus Gläsern und Tassen Tee oder Kaffee tranken. Eine junge Frau reichte Lorna einen Becher und schenkte ihr aus einer geriffelten Thermoskanne ein.

Lorna inspizierte den Inhalt des Bechers: »Entweder es ist ein sehr dunkler Tee oder ein sehr schwacher Kaffee«, kommentierte sie. »Setz dich doch auch. Steh nicht so steif herum!«

Ich setzte mich neben sie.

»Hier werde ich studieren. Genau hier«, sagte sie.

»Wenn du das Abitur schaffst!« Ich konnte es mir nicht verkneifen, gelinde Zweifel zu äußern.

»Miesmacher!«, sagte sie ärgerlich und rückte ein Stück von mir ab. »Denkst du, es motiviert mich, wenn du mich kleinmachst?«

»Tut mir leid«, entschuldigte ich mich, fasste nach ihrer Hand und versuchte, sie näher an mich heranzuziehen. »Es sind meine eigenen Zweifel, die ich da ausspreche. Du wirst das Abitur mit einem besseren Ergebnis bestehen als ich.«

»Davon bin ich überzeugt!« Jetzt lachte sie wieder.

Am späten Nachmittag nahmen wir den Zug nach Stuttgart, fuhren dort mit der Straßenbahn zum Killesberg hoch und schauten uns die Kunstakademie an. Nicht weit vom säulenbewehrten Eingang lagen riesige Steinwürfel im Gras, wohl Rohmaterial für die Bildhauer unter den Studierenden.

Ich wies auf einen der Klötze.

»Kennst du die Geschichte, die man sich von Michelangelo erzählt?«, fragte ich Lorna. »Als er seinen berühmten David aus dem Marmorblock gehauen hatte, soll ihn ein Kind staunend gefragt haben, woher er denn gewusst habe, dass in diesem großen Marmorblock ein Mann steckt.«

»Dann denken wir uns jetzt aus, was alles in diesen Riesensteinen steckt«, sagte Lorna.

»Wahrscheinlich abstrakte Statuen«, meinte ich. »Die Zeit der Davide, Pietas und Madonnen ist Vergangenheit.«

Auf fast allen dieser kantigen Felsen saßen Studenten, meist in grauweißen, staubigen Latzhosen, die Beine aufgestellt, und ließen sich von der Abendsonne bescheinen.

An einem der Würfel klebte ein altes Plakat, schon etwas vergilbt. Es war die Ankündigung eines Konzerts der Gruppe Genesis in der Killesberghalle. Der junge Sänger hieß Peter Gabriel.

»Da wäre ich gerne dabei gewesen«, sagte ich zu Lorna.

Sie hörte nicht hin und fragte stattdessen: »Gibt es denn keine Studentinnen hier? Alles nur Männer!«

»Entweder sie finden Bildhauerei zu anstrengend, oder sie arbeiten drinnen im Atelier. Weil Studentinnen arbeitsamer sind als die Studenten, die hier herumgammeln«, sagte ich.

»Gute Erklärung«, sagte Lorna lachend. »Jetzt lass uns in die Stadt hinunterfahren und eine Übernachtung finden.«

Die fanden wir dann auch in der Jugendherberge. Ärgerlich nur, dass die Jungen- und Mädchenschlafsäle getrennt waren.

5

Als ich in Lornas Zimmer kam, saß sie auf ihrem Bett, hatte den Kelim, der als Unterlage gedacht war, um sich geschlungen und weinte. Vor ihr, auf dem Boden, lag ein Brief mit einem schwarzen Rand.

Ich setzte mich neben sie, legte den Arm um sie und fragte: »Was ist los? Ist jemand gestorben, den du kennst?«

Sie schniefte. »Ja und nein.«

»Was heißt das?«

»Jemand ist gestorben, den ich nie kennengelernt habe: mein Vater.«

»Woher weißt du es?«

»Meine Mutter hat's mir geschrieben.« Sie wies auf den Brief am Boden.

»Der aus Irland?«, fragte ich.

»Du sagst das so, als hätte ich noch einen anderen. Ja, der aus Irland.«

»Fliegt ihr zu seiner Beerdigung?«

»Zu spät. Er liegt schon unter der Erde. Oder er hat sich verbrennen lassen, wie Hinkebein. Keine Ahnung. Seine Frau hat irgendwann erfahren, dass er ein uneheliches Kind in Deutschland hat. Sie hat unsere Adresse rausgekriegt, sich aber nie bei uns gemeldet. Sie hatte wohl Angst, dass wir dann Bettelbriefe schreiben.«

»Bettelbriefe?«

»Könnte ja sein. Wahrscheinlich ist man auch in Irland unterhaltspflichtig, oder wie sich das nennt. Jetzt muss sie diese Angst nicht mehr haben.«

»Und du wolltest ihn nie kennenlernen?«

»Doch. Ich hätte ihn gerne kennengelernt. Ich habe nur nicht gewagt, etwas dafür zu tun. Ich habe mich von meiner Mutter anstecken lassen. Ich wollte sie nicht kränken. Sie war mit Recht böse auf ihn, weil er sie mit seinem Kind, also mit mir, sitzenließ, ohne sie jemals zu unterstützen. Sie musste sich allein durchschlagen. Anders als deine Mutter. Dein Vater hat euch ja immer Geld überwiesen. Mein Vater nicht. Und jetzt ist er tot.«

Sie fing wieder an zu weinen. Ich reichte ihr ein Papiertaschentuch.

6

Was mir zuerst auffiel, waren die Pupillen in Lornas verweinten, rot umrandeten Augen. Sie waren ungewöhnlich groß.

Dazu kam eine Hektik in ihren Bewegungen, offensichtlich eine starke innere Unruhe.

Lorna saß am Tisch, stand auf, ging ein paar Schritte auf und ab, setzte sich wieder und beschäftigte sich mit einer auf dem Tisch zurückgebliebenen Serviette: faltete sie zu einem Dreieck, zog es wieder auseinander, bildete daraus eine Röhre, zerknüllte sie und warf sie quer durchs Zimmer in Richtung des Papierkorbs unter dem kleinen Schreibtisch. Dass sie das Ziel verfehlte und die geknüllte Serviette auf dem Schaffellteppich landete, kümmerte sie nicht, das Geschoss blieb da liegen.

Ich stand auf und warf die Serviette in den Papierkorb.

»Deutscher Saubermann!«, kommentierte sie mit einer Aggression in der Stimme, die ich so bei ihr noch nie gehört hatte. »Papier auf dem Teppich ist wohl streng verboten?«

Ich zuckte mit den Achseln und setzte mich wieder neben sie.

Sie rückte ein Stück von mir ab.

»Ich geh einkaufen!«, sagte sie unvermittelt, stand schnell auf und zog sich ihre Jacke über.

»Soll ich mit?«, fragte ich.

Sie schüttelte den Kopf und war im nächsten Moment durch die Tür verschwunden.

Ich ging in mein Zimmer hinüber. Als ich bei Katharina vorbeikam, öffnete sie ihre Tür. Sie schien mich abgepasst zu haben, fasste mich vorne am Hemd und zog mich hinein.

»Ich muss mit dir reden«, sagte sie.

»Was gibt's?«, fragte ich. »Du klingst so alarmiert.«

»Das ist der richtige Ausdruck«, sagte sie. »Es geht um Lorna.«

»Ja?«, sagte ich fragend. »Habt ihr Streit gehabt?«

»Streit!«, sagte sie abschätzig. »Merkst du es nicht?«

»Was denn?«

»Du bist blind«, sagte sie. »Blind und taub. Eine männliche Helen Keller.«

»Wer ist das denn?«

»Eine Autorin. Aber darum geht es hier gar nicht. Lenk nicht ab!«

»Du hast doch diese Frau Keller ins Spiel gebracht«, sagte ich. »Vielleicht erklärst du mir trotzdem, weshalb ich blind und taub bin.«

»Merkst du nicht, wie sie sich verändert hat?«, fragte Katharina.

Ich war versucht zu antworten: »Frau Keller?«, obwohl ich natürlich wusste, dass sie Lorna gemeint hatte. Aber Katharina klang so bedrückt, dass ich es mir verkniff.

»Ja. Sie ist unruhiger«, sagte ich. »Manchmal wirkt sie wie gehetzt und redet ohne Pause. Ein andermal erzählt sie Dinge in einer Art, dass ich nicht weiß, ob sie absichtlich Märchen erzählt oder ehrlich daran glaubt. Gestern saßen wir auf der Holzbank unter den Ahornbäumen. Du kennst sie, neben dem Brunnen mit der Neptunfigur. Ein städtischer Arbeiter muss die Bänke jeden Tag säubern, weil die Krähen in den Zweigen Nester gebaut haben und jetzt die Sitze vollkacken …«

»Das ist es wohl nicht, was du mir erzählen willst«, unterbrach sie mich. »Also?«

»Sie sagte, sie spürt eine machtvolle Kraft in sich und weiß, dass sie durch einen einzigen starken Gedanken den elektrischen Strom der ganzen Stadt abschalten könnte.«

Katharina lachte. »Das ist typisch. Hast du sie mal aufgefordert, eine Probe davon zu zeigen?«

»Das habe ich tatsächlich!«

»Und?«

»Sie sagte, die Folgen könne sie nicht verantworten. Denn dann würden sämtliche Tiefkühlschränke ausgeschaltet, und der Geruch des aufgetauten

Fleischs und des auslaufenden Blutes sei so widerlich, dass die Menschen ins Kotzen kämen.«

»Gute Ausrede«, sagte sie. »Und sonst?«

»Na ja, sie schläft kaum noch. Nachts um drei steht sie auf, marschiert im Zimmer auf und ab und murmelt dabei Unverständliches. Manchmal fängt sie auch an zu summen. Meinst du das?«

»Du hast also doch gespürt, dass etwas nicht stimmt mit ihr«, sagte sie. »Du beschreibst exakt das, was meine Großtante von ihrem Mann erzählt. Er ist manisch-depressiv, und es sieht so aus, als hätte auch Lorna eine Manie.«

»Was genau meinst du mit Manie?«, fragte ich.

»Stellst du dich gerade dumm?«, fragte sie.

»Nein. Ich habe den Ausdruck noch nie gehört«, sagte ich.

»Du wirst schon noch lernen, was das ist«, sagte sie.

Sie sollte recht behalten.

Lorna war nicht mehr die Geliebte, die Person, die ich kannte. Sie wurde mir zunehmend fremd.

An einem der nächsten Morgen traf ich sie vor ihrem Zimmer im Flur. Sie trug einen grünen Mantel, den ich noch nie bei ihr gesehen hatte, und einen roten Schal, den sie gerade auf der Brustseite mehrfach verknotete.

»Wo willst du hin?«, fragte ich. »Du bist viel zu warm angezogen für die Jahreszeit.«

»Geht es dich etwas an, wo ich hingehe? Nein.

Geht es dich etwas an, wie ich mich anziehe? Nein. Geht dich einen Dreck an«, antwortete sie, schob mich zur Seite und ging.

»Außerdem gehe ich nicht!«, rief sie mir aus dem Treppenhaus zu. »Ich fahre.«

»Wie denn? Womit denn? Mit wem?«, rief ich ihr nach, bekam aber keine Antwort.

Es dauerte zwei Tage, bis ich sie wiedersah. Sie kam mit einem dunkelhäutigen Mann die Treppe hoch und verschwand mit ihm in ihrem Zimmer.

Ein paar Stunden später kam sie in die Küche. Ich hatte mir eine bunte Küchenschürze umgebunden und spülte gerade das schmutzige Geschirr ab.

»Er heißt Ibrahim«, sagte sie, ohne dass ich sie danach gefragt hätte.

Ich machte knapp »Aha«, während ich mit dem Küchentuch einen metallenen Nussknacker trockenwischte, ein bisschen zu heftig. Er entglitt dem Tuch. Fast hätte ich ihn gegriffen, meine Fingerspitzen berührten ihn noch in der Luft. Das trug aber dazu bei, dass er ins schaumgefüllte Spülbecken fiel und dort ein heftiges Klirren zerbrechenden Glases auslöste.

»Ungeschickter geht's wohl nicht!«, sagte sie und ging aus der Küche.

Ich blickte ihr nach. Sie war wirklich nicht mehr die Lorna, in die ich mich verliebt hatte. Mir schien es, als hätte sie ihr Gehirn umgestülpt und damit einer anderen Persönlichkeit Zutritt zu ihrem Körper verschafft.

Mein Schmerz und meine Eifersucht galten nicht der Frau, in die sie sich verwandelt hatte. Aschenputtels gute Mutter war durch die böse Stiefmutter ersetzt worden.

Nach einer Weile kam sie wieder zu mir ins Zimmer. Sie schien Alkohol getrunken zu haben, schwankte beim Gehen und setzte sich schnell auf mein Bett.

»Ich brauche Geld. Und zwar viel Geld«, sagte sie schwer atmend. »Wie viel kannst du mir geben? Du hast doch gespart.«

»Wozu brauchst du es?«, fragte ich.

»Für Ibrahim.«

»Wofür braucht er es?«

»Er will damit einen Sarg für seine Mutter in Tunesien kaufen«, sagte sie.

»Ich glaube kein Wort davon. Wann ist sie denn gestorben, dass er jetzt den Sarg braucht?«

»Sie lebt noch, ist aber sehr krank. Er will ihr den Sarg noch zu Lebzeiten kaufen, damit sie ihn sieht und sich über ihren Sohn freut.«

»Eine absurde Idee!«, sagte ich.

»Absurd? Aha«, wiederholte sie. »Was soll daran absurd sein, wenn ein Sohn sich um seine Mutter kümmert? Im Gegensatz zu dir. Wann hast du deine Mutter zuletzt besucht?«

»Das gehört doch jetzt nicht hierher. Dieser Ibrahim nützt dich aus.«

»Du bist ein Geizhals! So was von geizig!«, rief sie.

Ich schüttelte den Kopf: »Er will nur dein Geld, weil er spürt, dass du gerade in einer Manie steckst und dich nicht kontrollieren kannst.«

»Eine Manie? Wer sagt das?«

»Ich sage das, und Katharina auch.«

»Sie hat dir das also eingeblasen. Das wird sie bereuen. Das wird sie büßen«, sagte sie. »Das wird brennen!«

»Was soll das heißen?«, fragte ich.

»Wirst schon sehen«, sagte sie. »Vielleicht auch riechen.«

In den nächsten Tagen veränderte sich Lornas Manie. War es vorher eine Übersteigerung im Kaufen, in der Kleidung, in der Beschimpfung anderer, im ständigen Telefonieren gewesen, zeigte sich jetzt eine gravierende Persönlichkeitsveränderung.

Aus einer mir immer noch lieben, vertrauten Lorna wurde eine gemeine, hasserfüllte, fremde Person, eine Teufelin.

Ihre Beschimpfungen wurden immer bedrohlicher. Sie riss meine Tür auf und schrie: »Ich werde der Katharina die russische Mafia ins Zimmer schicken. Die sollen ihr den Kopf abschneiden. Wirst schon sehen!«

»Wirst schon sehen« schien sich zu ihrer Lieblingsdrohung zu entwickeln.

»Was werde ich sehen?«, fragte ich. »Bitte, beruhige dich!«

»Wirst schon sehen, was du sehen wirst!« Ihre Antwort war nicht ohne Logik.

Ich versuchte vergeblich, in dieser rasenden Mänade die Lorna zu erkennen, die ich liebte.

7

Katharina hatte mich bei ihrer Anzeige wegen Brandstiftung als Zeugen benannt. Ich bekam eine Aufforderung von der Polizeiinspektion, mich für ein klärendes Gespräch zur Verfügung zu halten.

Das rostfarbene Polizeigebäude mit Flachdach war mir schon immer bei der Fahrt durch die Vorstadt in seiner Hässlichkeit und Unproportioniertheit unangenehm aufgefallen.

Hinter der Pforte mit starken, wohl schussfesten Glaswänden empfing mich ein Polizist in Uniform, der meinen Ausweis sehen wollte.

Ich sagte, dass ich von einem Herrn Starke erwartet werde.

Der Polizist bedeutete mir, auf einer der mausgrauen Plastikbänke Platz zu nehmen, und rief Herrn Starke an.

Neben mir saß eine junge Frau, die mir verschwörerisch zulächelte. »Auch eine Vorladung bekommen?«

Ich schüttelte den Kopf und wandte mich ab. Mir war nicht nach Smalltalk zumute.

Dann kam auch schon Herr Starke. Ein sympathisch wirkender Mann von etwa fünfzig Jahren, angegraute Haare, ein Bart. Er trug eine dunkle Reißverschlussjacke und eine Jeans, war also eher sportlich gekleidet.

Während er mit mir zu einem Nebengebäude ging, erzählte er von den Exerzitien, die er am Wochenende in einem Kloster absolviert hatte. Dies sei von Zeit zu Zeit nötig, bei all den Scheußlichkeiten, mit denen er als Kriminalbeamter fast täglich konfrontiert sei.

Im Büro saßen wir uns an seinem akribisch aufgeräumten Schreibtisch gegenüber. »Darf man dich noch duzen?«, begann er.

»Meinetwegen«, sagte ich.

»Erzähl mir bitte alles, was dir zur Brandstifterin, zu …«, er warf einen Blick auf ein Dokument auf seinem Schreibtisch, »… zu Frau Lorna Grassnitzer einfällt. Gerne ungeordnet. Komm ruhig vom Hölzchen aufs Stöckchen«, sagte er.

Lornas Nachnamen hatte ich schon ewig lange nicht mehr gehört. Er kam mir fast erfunden vor.

»Meinen Sie wegen dem Brand vor Katharinas Tür?«, fragte ich, obwohl ich ja wusste, dass ich deswegen als Zeuge geladen war.

Er nickte, fast ein wenig unwillig.

Ich versuchte, Lornas Manie möglichst drastisch

zu schildern, damit er, falls sie tatsächlich einen Brand vor Katharinas Tür gelegt hatte, dies nicht Rachegedanken Katharina gegenüber zuschrieb, sondern mit ihrer psychischen Krankheit entschuldigte. Nicht umsonst, sagte ich, sei Lorna schon vor zwei Wochen in die Psychiatrie eingeliefert worden.

Ich erzählte, dass Lorna vorher auf der Schwelle des Hauses, in dem wir wohnten, ein Feuer aus dürren Wacholderzweigen gelegt hatte. Es war ein Ritual gewesen, um böse Gedanken und Verwünschungen vom Haus fernzuhalten.

Ich hatte mir Lornas Zorn zugezogen, weil ich das Feuer ausgetreten und somit finsteren Mächten Zutritt ins Haus gewährt hatte. Das Feuer vor Katharinas Tür hatte bestimmt auch deren böse Gedanken fernhalten sollen, denn die beiden hatten sich in eine immer stärkere Feindschaft verstrickt.

Herr Starke versuchte anschließend, meine Ausführungen schriftlich zusammenzufassen, und erstellte ein Protokoll, das er mir vorlas. Ich unterschrieb.

Bei der Verabschiedung merkte er an, dass dies wahrscheinlich nicht unser letztes Gespräch sein werde. Er müsse dem Verdacht der mutwilligen Brandstiftung nachgehen.

Dann war ich entlassen und trat innerlich erleichtert durch die schusssichere Glastür nach draußen.

8

Vor zwei Wochen hatten zwei Polizisten an die Wohnungstür gepocht, nach Lorna gefragt und die Widerstrebende unsanft nach unten geführt und in einen grünen VW-Bus gesetzt, wo schon ein dritter Polizist wartend am Steuer gesessen hatte. Dann waren sie losgefahren.

Katharina war beim Städtischen Gesundheitsamt gewesen und hatte beantragt, dass man Lorna wegen deren psychischer Erkrankung in ein Krankenhaus oder noch besser in die Psychiatrie einweisen solle. Man hatte die Fakten notiert, aber Katharinas Gesuch abgelehnt: Ohne die Einwilligung der Betroffenen sei eine Einweisung nur möglich, wenn sie sich selbst oder andere gefährde.

Lorna hätte nie freiwillig diese Einwilligung gegeben.

Sie gab sie dann indirekt.

Mein Vater hatte mir den Zweitschlüssel seines Kadetts zum Aufbewahren gegeben. Falls er mal seinen Schlüssel nicht finden würde oder ihn gar verlieren würde. Der Schlüssel hing an einem Haken unter der Kleiderstange in meinem Zimmer. Dort musste ihn Lorna entdeckt, seinen Zweck erkannt und ihn heimlich an sich genommen haben.

Sie hatte sich hinter das Steuer gesetzt, den Motor gestartet, war losgefahren und hatte schon dabei zwei parkende Autos gestreift und war schließlich gegen einen Laternenmast geprallt, der das Auto zum Stehen brachte.

Das hatte sie dazu bewegt, sich quer über die beiden Vordersitze zu legen und ihren Rausch auszuschlafen. Die Anwohner hatten die Polizei verständigt. Aber bevor die Beamten eintrafen, war Lorna aufgewacht, hatte das Auto stehen lassen und war zu Fuß nach Hause gegangen.

Anhand des Kennzeichens wurde dann mein Vater als Besitzer des Wagens identifiziert. Was einen wütenden Anruf auf unserem Gemeinschaftstelefon im Flur zur Folge hatte. Sein Zorn richtete sich weniger gegen Lorna, eher gegen mich, weil ich nicht besser auf seinen Schlüssel aufgepasst hatte.

Durch meinen Vater wurde die Identität der Fahrerflüchtigen schnell bekannt.

Als dann zwei Polizisten in Lornas Zimmer ein Protokoll aufnehmen wollten, hatte sie in einem Wutanfall die beiden angegriffen, ihnen die Dienstmützen vom Kopf gerissen und aus dem offenen Fenster geworfen. Dass die Mützen unten im Straßenstaub landeten, wie die beiden Polizisten bei einem Blick aus dem Fenster feststellen konnten, hatte deren Geduld mit Lorna nicht gerade steigern können. Sie fassten sie rechts und links am Arm und brachten sie zum Auto. Mein schwacher Protest wurde geflissentlich überhört.

Noch am selben Nachmittag wies man sie in die Psychiatrie ein. Und dort in die geschlossene Abteilung.

9

Die Psychiatrie war in einem ockergelb gestrichenen Barockschloss untergebracht. Dessen Baumeister war der berühmte Balthasar Neumann gewesen.

Durch einen Torbogen, der das ganze Haus untertunnelte, gelangte man in einen gut gepflegten Landschaftsgarten, an dessen Schmalseite sich der Psychiatrie-Neubau befand. Er war in der Fassadenfarbe des Schlosses gestrichen und fügte sich unauffällig ins Ensemble ein.

Am Samstag, bei meinem ersten Besuch dort, wurde mir nur nach einer langen Verhandlung der Zutritt gestattet. Eigentlich, bedeutete mir die Frau am Eingangsschalter, eigentlich sei dies nur den engsten Anverwandten erlaubt.

Ich behauptete, Lorna und ich seien offiziell verlobt, was bei ihr einen zweifelnden Blick auf meinen ringlosen Ringfinger und ein unentschiedenes Kopfschütteln auslöste.

»Ihre Mutter weigert sich, Lorna zu besuchen«, insistierte ich. »Sie kann Lorna nicht verzeihen, dass sie ihr solche Schande macht, sagt sie. Soll sie denn ganz ohne Besuch bleiben? Dann wird sie ja noch trübsinniger. Noch depressiver.«

»Woher willst du wissen, dass sie depressiv ist? Die meisten hier drinnen sind eher aggressiv«, sagte sie.

»Ich hatte gestern mit der Stationsschwester telefoniert. Sie konnte Lorna nicht ans Telefon holen. Sie haben ihr eine Beruhigungsspritze verpasst …«

»Was heißt: verpasst!«, unterbrach mich die Frau am Eingangsschalter. »Es war sicher nötig, ihr diese Spritze zu geben.«

»Das bestreite ich ja gar nicht. Jedenfalls war sie nicht ansprechbar.«

»Na gut«, sagte die Frau. »Kann ich deinen Ausweis sehen?«

Ich war froh, daran gedacht und den Ausweis eingesteckt zu haben, bekam ein Besucherabzeichen an die Jacke geheftet und durfte dann durch eine dicke, doppelwandige Glastür eintreten. Die nach außen weisende Glasseite war unversehrt, auf der Innenseite hatten sich Risse spinnwebenförmig im Glas ausgebreitet. Da hatte wohl jemand mit einem harten, schweren Gegenstand dagegengeschlagen.

Ich traf Lorna dann in einem von vier hohen Mauern umgebenen Innenhof. Sie saß auf einer Metallbank, von der sie sich nicht erhob, als ich bei ihr ankam, und begrüßte mich in einer verwaschenen Sprache. So, als habe sie einen Tischtennisball im Mund, den sie aus Trägheit nicht herauspulen wollte.

Ich versuchte, sie zu umarmen. Sie ließ es geschehen, ohne eine Reaktion zu zeigen, fragte aber gleich: »Hast du die Zigaretten?«

Ich blickte mich um. Wir waren allein im Hof. Ich zog die Streifenpackung aus dem Jackenärmel, wo ich sie vor der Frau an der Pforte verborgen hatte, und reichte sie ihr.

»Hättest sie nicht verstecken müssen. Zigaretten sind hier erlaubt«, sagte sie in ihrer schleppenden Sprechweise, während sie die Zigarettenstange so zärtlich wiegte, als umarme sie ein kleines, pelziges Tier oder ein Baby. »Sind die Währung hier drinnen. Wertvoller als Geld, mit dem man sich hier nichts kaufen kann.«

»Dann bist du jetzt reich wie diese Müllerstochter«, versuchte ich zu scherzen.

»Müllerstochter?«, fragte sie.

»Die konnte Stroh zu Gold spinnen. Hatte eine ganze Scheune voll davon« sagte ich. »Die Geschichte habe ich dir auf der Fahrt nach Salzburg vorgelesen.«

Aber Märchen schienen sie nicht zu interessieren, was in ihrer Lage auch verständlich war. Sie schüttelte unwillig den Kopf.

»Wie geht es dir?«, fragte ich. Eine Frage, die eigentlich am Beginn unseres Gesprächs hätte stehen sollen.

»Beschissen«, sagte sie. »Am Anfang haben sie mir Tabletten gegeben. Die habe ich so lang im Mund behalten, bis der Pfleger weg war. Dann hab ich sie in den Abfalleimer gespuckt. Da konnte ich noch klar denken. Leider haben sie die ausgespuckten Pillen entdeckt und mir eine Depotspritze reingerammt. Danach hatte ich nur noch brain fog.«

»Was hattest du?«

»Brain fog. Gehirnnebel. Kein klares Denken mehr möglich.«

»Im Moment denkst du aber sehr klar, scheint mir. Ganz vernünftig.«

»Wenn die hier drinnen das nur auch denken würden!«, sagte sie. »Ich will hier raus. Ich will in mein Zimmer. Ich will in mein Bett. Die Matratzen hier sind durchgelegen. Da kriegt man Rückenschmerzen, wenn man sie nicht schon vorher hatte.«

»Hat man dir gesagt, wann du wieder raus darfst?«, fragte ich.

»Das würde mich auch sehr interessieren. Sprich doch mal mit Doktor Jahnke. Er ist einer der Stationsärzte hier. Und erzähl mir dann, was er gesagt hat.«

Doktor Jahnke war, wie ich auf meine Anfrage erfuhr, am Samstag und Sonntag grundsätzlich immer bei seiner Familie.

So konnte ich erst bei meinem zweiten Besuch, vier Tage später, einen Termin bei ihm bekommen.

Auf meine Frage, wann Lorna wieder entlassen würde, wiegte er unentschlossen den Kopf. Das könne er nicht voraussagen, meinte er. Sie müsse noch eine ganze Weile beobachtet werden. Ich müsse mich darauf einstellen, sie erst mal eine Weile nicht zu sehen.

Diese Prognose sollte sich schnell als falsch herausstellen.

Zwei Tage später, es war Nachmittag, wurde meine Tür heftig aufgerissen, Lorna stürmte herein und umarmte mich.

Ich war gleichzeitig freudig erregt und besorgt. »Haben sie dich schon so schnell entlassen?«

»Ich habe mich selber entlassen.«

»Wie denn?«

»Ich habe es geschafft, über die Mauer zu steigen und mich auf der anderen Seite in einen Busch fallen lassen. Buchsbaum, hatte weiche Blätter. Jetzt bin ich hier. Kannst die Psychiatrie anrufen und denen verkünden: Sie müssen gar nicht erst nach mir suchen. Lorna kommt gleich wieder.«

Ich war verwirrt.

»Ich verstehe nichts. Du bist aus der Psychiatrie abgehauen, und jetzt willst du freiwillig wieder zurück?«

»Genauso ist es«, sagte sie. »Ich war nämlich bei einem Rechtsanwalt und habe ihm klargemacht, dass ich nur durch die falschen Behauptungen von Katharina in der Klapse gelandet bin.«

»Was hast du davon? Warum ein Anwalt?«

»Er wird jetzt bei Gericht so eine Art Haftprüfung für mich beantragen. Dabei werden sie feststellen, dass ich ganz normal bin und sie mich entlassen müssen. Damit man mein Ausbüchsen heute nicht gegen mich verwendet, gehe ich jetzt in aller Ruhe wieder zurück.«

Ich war skeptisch. »Meinst du, es funktioniert so?«

»Frag nicht so viel. Kauf mir lieber noch eine Stange Zigaretten«, gab sie zur Antwort.

Als ich mit den Zigaretten zurückkam, war sie gerade dabei, Katharinas Tür in Brand zu setzen. Sie hatte Zeitungen zusammengeknüllt, sie auf der Türschwelle deponiert und angezündet. Die Tür fing schon an zu rauchen. Ich trat die Zeitungen aus, holte ein Glas Wasser aus der Küche und löschte den Brand.

»Es ist wirklich höchste Zeit, dass du wieder in die Psychiatrie zurückgehst«, sagte ich. »Da gehörst du wirklich hin.«

Sie gab einen abschätzigen Phhh-Laut von sich, nahm die Zigarettenstange und schlug die Wohnungstür hinter sich zu.

10

Es dauerte drei Tage, dann kam sie wieder in unsere Wohnung zurück. Sie war nicht allein, ein mir unbekannter Mann begleitete sie.

»Das ist Manfred«, stellte sie ihn mir vor. »Wir haben uns in der Psychiatrie kennengelernt: akute Psychose mit zeitweiligen Halluzinationen und Verfolgungswahn.«

»Im Moment aber relativ klarer Kopf«, sagte er. »Liegt am Lithium.«

»Manfred?«, wiederholte ich und reichte ihm die Hand. »Guten Tag!«

Sein Händedruck war schlapp. Seine Hand lag wie eine lange Hundezunge in meiner.

Lorna forderte ihn auf: »Geh schon mal in mein Zimmer. Das zweite von links!«

Eine Welle der Eifersucht überrannte mich, als er tatsächlich zu Lornas Zimmer ging und dort die Tür hinter sich schloss.

»Ist er dein neuer Liebhaber?«, fragte ich.

»Musst keine Angst haben.« Sie lachte. »Mich haben sie auch auf Lithium gesetzt. Es hält die Manie in Schach, macht aber absolut frigid.«

»Das hätten sie dir schon früher geben sollen. Vor Ibrahim oder wen es da noch gab«, sagte ich bitter.

»Immerhin gibst du jetzt zu, dass du eine Manie hattest.«

»Fragst du dich nicht, warum ich wieder draußen bin?« Ohne meine Antwort abzuwarten, erzählte sie: »Der Richter, der beurteilen sollte, ob ich normal oder reif für die Klapse bin, hatte in Wirklichkeit keine Ahnung, wie er dies einschätzen sollte. Und weißt du, was er gemacht hat?« Sie fing an zu lachen und kriegte sich kaum wieder ein. »Er hat einen Intelligenztest mit mir gemacht. Der war wahrscheinlich für Schulabgänger entworfen. Da stand auf einem Blatt ›Löwe, Hyäne, Schakal, Habicht‹, und ich musste angeben, welches Wort nicht in die Reihe passt. Ich wusste natürlich, dass Habicht gemeint war, gab aber zur Antwort ›Löwe‹. Auf die Frage des Richters, wie ich auf den Löwen käme, sagte ich, dass es das einzige Wort mit vier Buchstaben sei. Alle anderen hätten mehr. Er schaute auf das Blatt, als ob er es zum ersten Mal sehen würde, und meinte dann, dass ich wohl einen philologischen Blick auf Dinge habe. Hier sei aber ein sachlich-zoologischer gefragt. Damit könne ich auch dienen, sagte ich ihm und nannte den Habicht. Das schien ihm ein ausreichendes Ergebnis für seine Beurteilung zu sein, und er hat mich gesundgeschrieben. Ich musste nur noch meine Sachen aus der Psychiatrie abholen, einschließlich Manfred …« Sie lachte wieder. »Und dann durfte ich gehen.«

»Und was geschieht jetzt mit Manfred?«, fragte ich. »Wohnt er jetzt bei dir?«

»Nur heute und vielleicht noch morgen«, sagte sie. »Er hat seinem Bruder geschrieben, dass er ihn hier abholen soll.«

»Geschrieben? Geht's nicht umständlicher?«, fragte ich ärgerlich. »Warum hat er nicht bei ihm angerufen?«

»Dazu kann ich dir gerne zwei Gründe verraten«, fing sie an.

»Einer genügt mir schon«, sagte ich.

»Ich sag dir trotzdem zwei: Erstens darf man in der Psychiatrie nur angerufen werden, aber nicht privat raustelefonieren. Das ist der erste Grund.«

»Der erste, aha. Ich verstehe. Und der zweite?«

»Sein Bruder arbeitet in einem Bestattungsinstitut, ist die meiste Zeit unterwegs und nicht erreichbar. Trauerarbeit nennt man das. Sein Chef nimmt prinzipiell keine Anrufe für seine Mitarbeiter an, wenn sie unterwegs sind, und legt auf, wenn nach einem verlangt wird.«

Sie nahm meine Nachfrage vorweg: »Es sind zwei. Zwei Mitarbeiter. Sein Bruder und ein Pole.«

»Und wo schläft dieser Manfred jetzt? Doch nicht etwa mit dir im Bett?«

»Er kann auf dem Boden schlafen. Auf dem Schaffell. Das ist weich genug.«

Einen Tag später fuhr Manfreds Bruder in einem langgestreckten Opel-Bestattungswagen vor das Haus. Die dunklen, blickdichten Fensterflächen des schwarzen Autos waren mit dem Bild eines sitzenden, trauernden Engels verziert, der den zur Seite geneigten Kopf auf seine angezogenen Knie gelegt hatte.

Nachdem der Bruder mit uns noch eine Tasse Tee getrunken hatte, fasste er Manfred energisch unter dem Arm, führte ihn zum Wagen und öffnete die Beifahrertür.

»Fährst du mich zu meiner Beerdigung?«, fragte Manfred, während er einstieg. »Dann bitte zu unserem Familiengrab. Ich will bei Papa und Mama sein. Falls da noch Platz ist.«

»Das hat mir gerade noch gefehlt, dass du jetzt sentimental wirst«, sagte sein Bruder. »Hast mir Kummer genug gemacht.«

Ich winkte erleichtert hinter den beiden her, bis das Auto um eine Kurve bog und nicht mehr zu sehen war.

In den nächsten Tagen genoss ich das Zusammensein mit Lorna.

Es war wie vor ihrer Erkrankung. Wir schliefen zusammen in ihrem Bett. Nicht miteinander, aber beieinander, die Arme um uns geschlungen. Dies zumindest bei Schlafbeginn. Als Lorna anfing, im

Schlaf merkwürdig zu röcheln, eine Mischung aus Grunzen und Schnarchen, drehte ich mich von ihr weg, auf die Seite, und legte mir das Kopfkissen übers freie Ohr.

Früher hatte ich oft gezeichnet, wenn ich Lust und Zeit hatte, den Skizzenblock vor mir auf dem Tisch oder auf meinen Knien. Schließlich musste ich mich auf die Prüfung an der Kunstakademie vorbereiten.

Jetzt las ich mit der gleichen Leidenschaft – vielleicht hatte mich Lornas Leselust angesteckt –, und ich las ihr vor.

Am liebsten waren uns die Passagen aus *Tristram Shandy*, die den liebenswert keuschen Onkel Toby schilderten, und wir amüsierten uns beide über die vergeblichen Versuche von Mrs. Wadman, in spiralförmigen Gesprächsschleifen aus Onkel Toby herauslocken zu wollen, wie es um die vernarbte Wunde in seinem Schambein stünde. Und dies, ohne den geringsten Anschein zu erwecken, sie zweifle etwa an Onkel Tobys Manneskraft.

»Der Kaiser Heinrich hatte auch so eine Wunde«, sagte Lorna.

»Woher willst du das wissen?«, fragte ich.

»Die hatte er sich bei der Schlacht auf dem Lechfeld geholt«, erzählte sie weiter. »Seitdem hinkte er.«

»Woher weißt du das?«, insistierte ich weiter.

»Hab ich halt irgendwo mal gelesen und in meinem gusseisernen Gedächtnis gespeichert.« Sie lachte. »Mein Vater hatte eine ähnliche Wunde, hat meine Mutter erzählt. Bei einem Aufstand in Irland hat er einen Schuss in die Hüfte bekommen. Seitdem hinkte er auch. Die Narbe war trichterförmig und so tief, dass man eine Murmel darin verbergen konnte.«

»Wurde er auch Hinkebein genannt?«, fragte ich.

»Von meinem Vater weiß ich das nicht. Der Kaiser hätte jeden sofort ins Verlies werfen lassen, der es gewagt hätte, ihn so zu benennen.«

»Das ist anzunehmen«, sagte ich.

»Auf seinem Grab ist er jedenfalls mit zwei verschieden langen Beinen dargestellt«, wusste sie.

»Woher weißt du das schon wieder?«

»In meinem katholischen Gebetbuch, das ich als Kind hatte, gab es im Anhang ein Verzeichnis der beliebtesten Heiligen mit Bildern. Da war Kaiser Heinrich abgebildet mit seiner Frau Kunigunde, wie sie auf ihrem Marmorgrab liegen. Tilman Riemenschneider hat das in Stein gehauen. Das war nicht typisch für ihn. Normalerweise war er Holzbildhauer.«

»Der Kaiser hatte also eine Narbe am Schambein? Weiß man das offiziell?«

»Ja. Genau so eine, wie sie unser Onkel Toby hatte. Sie machte ihn impotent, was das Volk aber nicht wissen durfte. Das hätte seiner königlich-männlichen Würde sehr geschadet. Deswegen war er wohl auch so misstrauisch, was die Treue seiner Frau anbelangte. Er war eifersüchtig und hatte den

Verdacht, dass sich seine junge, schöne Gattin bei einem seiner Ritter das holte, was er ihr nicht geben konnte. Diese fixe Idee quälte ihn so, dass er sie zwang, über glühende Pflugscharen zu gehen, um ihre Unschuld zu beweisen. Sieht man auch auf einem seitlichen Bild an seinem Grab.«

»Da würde jede verbrannte Füße haben. Egal, ob sie unschuldig war oder nicht«, sagte ich.

»Sie hatte aber keine«, sagte Lorna. »Ich habe gelesen, dass es heute irgendwo in Griechenland, Rumänien oder einem Land dort in der Gegend noch die Feuerläufer gibt, die über glühende Feuerreste gehen und darauf sogar tanzen. Sie müssen sich davor in eine Art Selbsthypnose versetzen, dann klappt es, ohne dass sie Schmerzen spüren.«

»Meinst du, dass sich die Kaiserin Kunigunde auch selbst hypnotisieren konnte?«, fragte ich.

»Das bestimmt nicht. Ich denke, sie wurde durch ihre intensiven Gebete in eine Art Trance versetzt. Sie wusste ja, dass sie unschuldig war.«

»Das musste dem Kaiser aber Beweis genug gewesen sein«, sagte ich. »Meinst du, er hat sich hinterher bei ihr entschuldigt?«

»Das hat er bestimmt nicht«, sagte sie. »Wenn schon gewöhnliche Männer wie du es schwierig finden, sich zu entschuldigen ...«

»Ich wüsste auch gar nicht, wofür ich gewöhnlicher Mann mich entschuldigen sollte«, unterbrach ich sie.

»… dann fiel es einem mittelalterlichen Kaiser bestimmt noch schwerer«, vollendete sie ihren Satz.

Mit einem gnädigen »Da hast du bestimmt recht« beendete ich unseren rhetorischen Ausflug ins frühe Mittelalter.

11

Doch diese einträchtige Zeit zerbröselte leider mehr und mehr und sollte bald zersetzt sein.

Zuerst fielen mir Lornas Pupillen auf. Sie waren so groß wie vor ihrer Einweisung in die Psychiatrie. Ihre Libido war wieder erwacht, wie ich aus einer Mischung aus Besorgnis und Begehren begriff.

Sie liebte mich mit einer Leidenschaft, die mich fast überforderte und Katharina die Chance gab, wieder heftig an die Zimmerwand zu klopfen und um leisere Liebesäußerungen zu bitten.

»Gib's zu, du hast das Lithium abgesetzt!«, forschte ich nach.

»Ja, habe ich. Es ist doch absurd, sich ständig zu versichern, dass man sich liebt, ohne dies auch körperlich zu beweisen«, antwortete sie.

»Damit lockst du aber die Manie wieder an«, sagte ich.

»Sie wird meinen Verlockungen widerstehen«, versicherte sie lachend.

Aber die Manie hatte nicht das geringste Interesse daran, den Verlockungen zu widerstehen.

Lorna fing an, exzessiv Alkohol zu trinken.

Es hatte wenig Zweck, dass ich die halbvolle Weinflasche aus dem Kühlschrank nahm und sie in der Küche über dem Ausguss entleerte, während Lorna auf der Toilette war. Sie nahm die leere Flasche mit einem kurzen Blick wahr, schlüpfte in ihre Regenjacke und war schon aus der Tür, bevor ich fragen konnte, wohin sie denn unterwegs sei.

Kurz darauf kam sie wieder. Sie hatte eine Packung Bierdosen aus der nächstgelegenen Tankstelle geholt.

Mein Versuch, sie vor völliger Trunkenheit zu bewahren, indem ich selbst zwei der Dosen leerte, führte nur dazu, dass ich anschließend beschwipst war und anfing, leicht zu lallen, während der Alkohol bei ihr kaum Wirkung zeigte und anscheinend nur den Drang auslöste, mehr davon in sich hineinzuschütten.

Die Folge war, dass sie sich noch einmal zur Tankstelle aufmachte und mit neuen Biervorräten zurückkam.

Mitten in der Nacht wurde ich aus einem bierdunstigen, schweren Schlaf geweckt. Ich setzte mich auf. Lorna lag nicht mehr neben mir. Es roch nach Rauch und Brand. Aus dem Flur hörte ich Männerstimmen. Ich schlüpfte in Hemd und Hose und schaute aus der Tür.

»Wer sind Sie denn? Wohnen Sie auch hier?«, fragte mich ein Mann. Er trug eine merkwürdige, mir unbekannte schwarze Uniform mit gelben Streifen und hatte seine gewölbte Schutzbrille unter dem Helm auf die Stirn hochgeschoben. Offenbar ein Feuerwehrmann.

Ich nickte. »Was ist denn los?«

»Eine ihrer Mitbewohnerinnen hat Feuer gelegt. Wir konnten gerade noch einen Wohnungsbrand verhindern«, sagte er. »Die Polizei wird Sie auch dazu befragen.«

Als habe er nur das Stichwort für seinen Auftritt abgewartet, kam in diesem Augenblick ein Polizist aus Lornas Zimmer.

Noch bevor er mich befragen konnte, fragte ich ihn: »Wo ist Lorna?«

»Dazu kann ich nur Berechtigten Auskunft geben«, antwortete er.

Ich besann mich auf die Lüge, die mir die Tür zur Psychiatrie geöffnet hatte, und sagte: »Lorna und ich sind verlobt.«

Er notierte sich erst meinen Namen, bevor er sagte: »Wir mussten Ihre Verlobte leider in die Psychiatrie einweisen. Fragen Sie Ihre andere Mitbewohnerin nach den Einzelheiten!«

Katharina erzählte mir dann, dass Lornas Zündeleien diesmal zu einem richtigen Flurbrand geführt hatten, und sie, Katharina, gerade noch rechtzeitig das Gemeinschaftstelefon greifen und die Notfallnummer der Polizei und Feuerwehr hatte wählen können.

Sie hatte eine Waschschüssel Wasser nach der anderen in der Küche gefüllt und im Flur vergossen, aber das Feuer hatte unter dem Bretterboden weitergeschwelt.

12

E s war schon so etwas wie ein Routinebesuch in der Psychiatrie.

Die Frau am Eingangsschalter erkannte mich sofort. Es wäre gar nicht nötig gewesen, den Ausweis aus der Jackentasche zu nesteln.

»Immer noch keinen Verlobungsring, wie ich sehe«, sagte sie unüberhörbar spöttisch. »Fehlt das Geld dafür oder die Überzeugung, dass die Patientin die ideale Partnerin ist?«

Ich gab keine Antwort, während sie einen Schalter bediente, der die Glastür automatisch öffnete. Die konnte ich bei meinem letzten Besuch noch aufdrücken. In der Zwischenzeit hatte man also diesen Mechanismus eingebaut, der einerseits muskelschwachen Besuchern beim Öffnen half, andrerseits eine striktere Kontrolle ermöglichte.

Im Flur traf ich zu meiner Überraschung einen Bekannten: Pfarrer Ankenbrand. Ich erkannte ihn, obwohl er sichtlich gealtert war, gebeugt ging und sich dabei auf einen Stock mit silberglänzendem Griff stützte.

Ich sprach ihn an. »Herr Pfarrer, Sie hier drinnen?«

Er interpretierte meine Frage richtig. »Nein, ich bin kein Patient. Ich spende den Unglücklichen hier den Trost und Segen des Herrn. Sie kennen mich?«

»Aus meiner Kinderzeit«, sagte ich.

Dies schien ihm als Antwort zu genügen. Mit einem »Dann guten Tag« ließ er mich stehen und ging weiter.

Diesmal saß Lorna nicht allein auf der Bank im Innenhof. Neben ihr saß ein etwa dreißigjähriger Mann mit schulterlangen dunklen Haaren.

»Das ist Victor«, stellte sie ihn mir ungefragt vor.

»Tag, Victor«, sagte ich. »Guten Tag, Lorna!«

Victor blickte kaum auf und machte keine Anstalten, meinen Gruß zu erwidern.

Lorna nickte mir müde zu. Auch sie antwortete nicht.

»Wie geht es dir?«, fragte ich.

Jetzt antwortete Victor: »Es geht ihr beschissen. Siehst du doch, wenn du nicht blind bist wie … wie dieser Dichter.«

»Was für ein Dichter?«, fragte ich.

»Borges«, antwortete sie. Sie sprach den Namen wie Borrches aus. »Victor hat mir eine Geschichte von ihm vorgelesen. Am Ende musste man die Geschichte im Kopf umdrehen, weil alles falsch war, was man gedacht hat.«

»Hier drinnen muss man auch vieles im Kopf umdrehen«, sagte Victor. »Und von den Beinen auf den Kopf stellen. Oder ist es andersherum?« Er lachte.

»In der Psychiatrie scheinen alle sehr belesen zu sein«, sagte ich.

»Vielleicht ist das ein Grund, weshalb sie hier landen«, sagte Victor. »Sie denken zu viel. Sie haben zu viel Phantasie.«

»Ich hoffe, der Umkehrschluss gilt nicht«, sagte ich. »Oder bin ich nur deshalb noch draußen, weil ich keine Phantasie habe?«

»Das kann ich nicht beurteilen«, antwortete Victor, während er aufstand. Im Weggehen drehte er sich noch mal zu uns um. »Ich will euch nicht beim Turteln stören!«

13

Als Lorna ein paar Wochen später entlassen wurde, brachte sie Victor mit. Ihr Interesse an mir schien erloschen zu sein. Von Liebe war nichts mehr zu spüren. Victor war jetzt ihr Liebhaber.

Ich ertrug nicht die nächtlichen Liebeslaute, das Knarren ihres Bettes, das durch die Wand zu hören war, packte meine Wäsche, meine Malsachen und die Toilettentasche in den Koffer, nahm die Mappe mit meinen Bildern unter den Arm und zog aus.

Als ich bei meinem Vater an der Tür klingelte und er öffnete, durchlief sein Gesichtsausdruck in schneller Folge verschiedene Stadien, von erfreut über erstaunt bis hin zu abwehrend, als er begriff, dass da sein Sohn mit Koffer und Mappe im Türrahmen stand und offenbar bei ihm unterkommen wollte.

»Willst du etwa bei mir einziehen?«, fragte er.

»Ja, wenn es geht«, antwortete ich. »Oder ist Marietta bei dir?«

Er ging nicht auf meine Frage ein, wollte nur wissen: »Bist du aus diesem Neubau ausgezogen?«

Ich nickte.

»Für ein paar Tage geht es. Dann kannst du es mal bei deiner Mutter versuchen. Soweit ich weiß, hat sie neuerdings einen Freund. Ob er dich einziehen lässt, ist fraglich.« Er rückte ein wenig zur Seite, um mich durchzulassen.

Am Abend saßen wir bei einem Glas Bier zusammen und philosophierten über Biersorten und Frauen. Zwei etwas divergierende Themen.

»Das, was wir da trinken, ist wahrscheinlich ein Märzenbier?«, fragte ich. »Jedenfalls kein Pils.«

»Ein Pils bekommst du bei mir nicht«, sagte er.

»Denn Pils schmeckt immer so bitter«, wusste ich.

»Da sprichst du die Wahrheit«, antwortete er, ohne zu merken, dass ich es ironisch meinte und ein Gespräch zitierte, das wir im Sportheim geführt hatten. »Pils schmeckt einfach bitter.«

»Warum wird es dann so viel getrunken?«, fragte ich.

»Wahrscheinlich sind bei den Pilstrinkern die Geschmacksknospen auf der Zunge schon ein bisschen verwelkt und abgeblüht«, schlug er vor.

»Damit hast du wahrscheinlich recht«, sagte ich. »Im Gegensatz zu unseren Frauen.«

»Wie meinst du das?«, fragte er.

»Sie sind weder verwelkt noch abgeblüht«, sagte ich.

»Deine Art von Witzen ist sehr gewöhnungsbedürftig«, sagte mein Vater. »Auch wenn es stimmt, was du sagst.«

So kamen wir auf die Frauen zu sprechen.

»Bist du noch mit dieser jungen Frau zusammen, die im Sportheim bedient hat? In letzter Zeit war sie da nicht mehr zu sehen. Wie hieß sie? Lorna?«

»Sie ist krankgeschrieben«, sagte ich ausweichend.

»Eine von diesen Frauenkrankheiten?«, fragte er.

»Nein, etwas Psychisches. Sie war in der Psychiatrie. Sie hat eine Manie und ist nicht mehr die Lorna, die wir kennen.«

»Und wie fühlst du dich dabei?«, fragte er.

Ich erzählte von meinem Kummer und der enttäuschten Liebe.

»Du bist also nach wie vor in sie verliebt«, fasste er meinen Bericht zusammen. »Und es beruht wohl nicht mehr auf Gegenseitigkeit?«

Ich zuckte mit den Achseln. »Scheint so.«

Er hatte ähnliche Probleme. »Marietta trägt neuerdings eine blaue Bluse und blaue Strumpfhosen«, fing er an.

»Was ist daran auszusetzen?«, fragte ich.

»Du hast sie doch gesehen. Früher trug sie nur gelbe Sachen. Die neuen Kleider zeigen doch, dass eine Veränderung in ihr vorgeht. Das was Neues aufzieht.«

»Sprichst du von einem möglichen Liebhaber?«, fragte ich.

»Ich kann das nicht ausschließen«, sagte er. »Jetzt trägt sie auch eine blaue Kette.«

»Was ist daran verdächtig?«, fragte ich.

»Frauen kaufen sich selten Ketten, sie lassen sich Ketten schenken«, sagte er.

»Hast du nicht gefragt, woher sie die Kette hat?«, fragte ich.

»Lieber nicht«, sagte er. »Wenn sie gesteht, dass ein Mann ihr die Kette geschenkt hat, dann ist es ausgesprochen und damit konkret, und ich muss die Konsequenzen in Kauf nehmen. Wahrscheinlich werden wir uns dann trennen. Bleibt es vage und unausgesprochen, kann ich hoffen, dass sie noch eine Weile bei mir bleibt. Vielleicht kühlt sich ihr Verhältnis zu diesem Mann von selbst ab …«

»Oder es besteht gar nicht«, unterbrach ich ihn. »Und du konstruierst es für dich.«

»Kann sein«, sagte er. »Lass uns das Thema wechseln. Wann hast du deine Mutter zuletzt gesehen?«

Ich überlegte. »Das ist schon einige Wochen her.«

»Du solltest sie mal wieder besuchen. Schließlich ist sie deine Mutter und hat dich großgezogen. Allein großgezogen! Sei ein bisschen dankbarer.«

»Ich nehme es mir vor«, versprach ich.

»Was mich anbelangt: Ich habe sie vor gar nicht langer Zeit besucht. Ich hatte es angekündigt, und sie schien nichts dagegen zu haben. Wir haben zusammen Kaffee getrunken und den Mohnkuchen gegessen, den ich mitgebracht hatte.«

»Du hast dich erinnert, dass sie gerne Mohnkuchen isst? Kompliment«, sagte ich.

»Weißt du …«, überlegte er. »Ich weiß gar nicht,
warum es damals nicht mehr mit uns funktioniert
hat.«

»Weil du fremdgegangen bist«, sagte ich. »Tu nicht
so unschuldig.«

»Soll ich dir mal was sagen? Wenn es mit Marietta
wirklich auseinanderginge, ich würde versuchen,
mich mit deiner Mutter zu versöhnen. Du hättest
doch nichts dagegen?«

»Dann wären wir wieder die Heilige Familie: Vater, Mutter, Kind«, sagte ich. »Aber einziehen würde
ich nicht bei euch.«

»Musst du auch nicht«, sagte er. »Ich wünsche dir
jedenfalls, dass sich euer Verhältnis wieder bessert.
Das von dir und Lorna, meine ich.«

14

Ich traf Katharina gelegentlich in der Stadt. Dann tranken wir zusammen einen Kaffee im Café Launer, und sie erzählte die neuesten Klatschgeschichten.

Victor war drogensüchtig und spritzte sich Heroin. Katharina befürchtete, er würde auch Lorna dazu verführen. Außerdem schien er gewalttätig zu sein und Lorna zu schlagen.

Das wurde zur Gewissheit, als ich Lorna unvermittelt an der Kasse im Supermarkt traf. Sie stellte gerade einen Kasten mit Bierflaschen auf das Band.

»Wie schön, dich zu sehen«, sagte ich.

Sie nickte mir zu, sagte aber nichts.

»Du hast ein blaues Auge?«, sagte ich. »Wie ist das denn passiert?«

»Victor«, antwortete sie.

»Du solltest von ihm weggehen!« Ich ereiferte mich. »Er ist Gift für dich. Was findest du nur an diesem Schläger?«

»Er wird mich nie mehr schlagen«, sagte sie, zahlte und nahm den Bierkasten mit beiden Händen auf.

»Wie meinst du das?«

Meine Frage blieb unbeantwortet. Sie ging.

Zwei Tage später rief mich Katharina bei meinem Vater an. Ich hatte ihr erzählt, dass ich dort vorübergehend eingezogen war.

Ihre laute, aufgeregte Stimme ließ den Telefonhörer scheppern. »Weißt du das Neueste?«, fragte sie. Ohne meine Antwort abzuwarten, erzählte sie weiter. »Victor ist tot. Gestorben an einer Überdosis. Er hat sich wohl den goldenen Schuss gesetzt, wie man sagt. Lorna hat bei der Polizei angegeben, sie habe ihn tot in ihrem Zimmer am Boden liegen sehen, als sie aus der Stadt kam. Die leere Spritze lag neben ihm.«

»Das ist schlimm.« Mehr konnte ich dazu nicht sagen.

»Schlimm für ihn, ja«, wiederholte sie meinen Satz. »Du glaubst doch nicht, dass er sich absichtlich umgebracht hat! Jemand hat seine Spritze manipuliert.«

»Sprichst du von Lorna? Das ist aber eine massive Anschuldigung. Selbst in ihrer Manie traue ich ihr das nicht zu.«

»Du bist also nach wie vor in sie verliebt«, sagte Katharina. Ohne dass sie es wusste, zitierte sie meinen Vater wörtlich.

Ich zuckte mit den Achseln. »Kommt mir auch so vor.«

Sie sagte: »Dir kann man wohl nicht helfen!«, und legte auf.

Es dauerte nur einen Tag, dann rief sie wieder an.

»Lorna ist da, wo sie hingehört«, verkündete sie.

»In der Uni Tübingen?«, versuchte ich zu scherzen.

Sie ging nicht darauf ein.

»Zwei Polizisten haben bei uns an der Tür geklopft. Ich machte auf. Mir war sofort klar, dass sie wegen Lorna gekommen waren«, erzählte sie. »Ich habe auf die Nachbartür gezeigt und bin in mein Zimmer zurück. Dann wurde es so laut, dass ich doch wieder rausschaute. Ich kriegte mit, dass Lorna auf eine Anzeige wegen Fahrerflucht nicht reagiert hatte und nun zur Polizeiwache mitkommen sollte. Zum Protokoll oder so.«

»Und weiter?«, drängte ich.

»Sie ist völlig ausgerastet. Um es kurz zu machen: Lorna ist wieder in der Psychiatrie.«

15

Es kam mir so vor, als hätte man einen Film zurückgespult und dann auf »Abspielen« gedrückt, um eine Szene ein zweites Mal anschauen zu können.

Die Frau an der Pforte der Psychiatrie hatte einen Sinn für Komik, den ich ihr gar nicht zugetraut hätte. »Der junge Mann möchte sich vom Zustand unserer Eingangstür überzeugen?«, fragte sie. »Das Glas ist ersetzt. Jetzt warten wir auf den nächsten Stiefeltritt, der die Tür in ihren Normalzustand versetzt. Und du möchtest deine … Verlobte besuchen!«

Ich nickte. Sie beugte sich vor und begutachtete mich. »Keine Säge, keine Waffen, keine schweren Gegenstände?«

»Nur eine Stange Zigaretten«, antwortete ich. Sie drückte irgendeinen Knopf, die Tür öffnete sich automatisch und ließ mich passieren.

Ich traf Lorna dann im mir schon bekannten Innenhof. Sie saß auf der Metallbank, von der sie sich auch diesmal nicht erhob, als ich bei ihr ankam.

»Hast du Zigaretten mitgebracht?«, fragte sie. Sie sprach wieder undeutlich, verwaschen. Offensichtlich hatte man ihr auch jetzt ein Sedativ gespritzt. »Schön, dass du kommst!« Und wie zur Bekräftigung noch einmal: »Schön, dass du da bist.«

Es war bizarr. In der Zwischenzeit hatte sich so viel ereignet, ich hatte zwei ihrer Liebhaber erleben und ertragen müssen, aber jetzt schien es für einen Moment, als seien wir beide zurückkatapultiert worden in eine Zeit der Unschuld, der ersten Liebe, als wir eng aneinander gelehnt im Zug nach Salzburg saßen und Pläne machten, die sich nun alle als gewichtslos erwiesen, flüchtig wie das kuglige, filigrane Köpfchen einer Pusteblume, das im Wind über die Wiese schwebt.

»Du freust dich?«, fragte ich.

Sie nickte, mühsam lächelnd. Aber gleich wurde sie, trotz der spürbaren Einschränkung durch die Spritze, ganz klar, sachlich und bestimmt. »Hast du vor, noch mal zu kommen, wenn sie mich hier drinnen länger behalten wollen?«, fragte sie. Ohne meine Antwort abzuwarten, fuhr sie fort: »Dann bring mir bitte meine Kleider aus dem Schrank mit. Die gestreifte Bluse, ein paar T-Shirts, Unterwäsche, meinen blauen BH und die helle Hose. Die muss an einem Bügel außen an der Schmalseite vom Schrank hängen. Kannst du dir das merken?«

Ich wiederholte ihre Bestellung. Sie schien zufrieden zu sein.

»Dann bis zum nächsten Mal!«, sagte sie, stand auf und schien zurück ins Gebäude gehen zu wollen.

»Du schickst mich schon weg?«, fragte ich.

»Was willst du denn noch?«, fragte sie zurück.

»Zumindest einen Abschiedskuss«, sagte ich.

»Kannst du haben.« Sie drehte den Kopf und hielt mir ihre linke Wange entgegen.

Ich küsste sie. »Ich dachte eher an einen Kuss von dir!«

»Geht nicht«, sagte sie. »Meine Lippen sind taub. Mein ganzer Mund ist taub wie nach einer Zahnarztspritze.«

»Dann geh ich jetzt. Bis zum nächsten Mal!«

»Ja«, sagte sie lakonisch.

16

Von meinem Vater aus rief ich Katharina an. Ich wollte sicher sein, dass sie da war und mir aufmachen konnte, wenn ich kam. Mein Schlüssel steckte unauffindbar irgendwo zwischen meinen Sachen im Koffer.

»Warum ziehst du nicht wieder hier ein?«, fragte sie. »Lorna ist weg, dein Zimmer steht leer, und du bezahlst weiter deinen Mietanteil. Ist doch verschwendetes Geld.«

Ich musste ihr recht geben, holte meine Waschutensilien aus Vaters Badezimmer, meinen Schlafanzug aus dem Bett, packte alle meine Sachen in den Koffer, verabschiedete mich von meinem Vater

»Du darfst mich gerne wieder mal besuchen«, behauptete er. Ich nahm meine Bildermappe unter den Arm und ging.

Katharina empfing mich im Bademantel. »Entschuldige, ich habe gerade geduscht«, sagte sie. Ihr

Haar hatte dabei anscheinend kein Wasser abbe-
kommen.

»Stell deine Mappe erst mal ab«, sagte sie. »Darfst
mir deinen Koffer geben!« Sie beugte sich nach unten, ihr Bademantel spreizte sich, und ich sah, dass
sie darunter nackt war.

»Beschaust du meinen Busen?«, fragte sie. »Und?
Gefällt er dir? Darfst ihn ruhig mal anfassen. Da hast
du mehr in der Hand als bei Lornas Apfelbrüstchen.«
Sie lachte, nahm meine rechte Hand und legte sie
auf ihre linke Brust. Ich fühlte, wie sich ihre Brust-
warzen aufrichteten. Sie waren nicht rundlich wie
bei Lorna, sondern standen steil nach vorne wie der
runde Radiergummi am oberen Ende meines Faber-
Castell-Bleistifts.

Nicht nur ihre Nippel richteten sich auf, auch bei
mir richtete sich etwas auf, was ihre Hand wohlwol-
lend umfasste.

Und so liebten wir uns auf ihrem Bett.

»Weißt du …«, fragte sie danach, noch ein wenig
atemlos, »weißt du, wie viel Frust und Neid ihr mir
beschert habt, du und Lorna?«

»Wieso?«, fragte ich, während ich ein wenig von
ihr abrückte. Ich wollte nicht auf einem feuchten
Fleck liegen. »Was meinst du damit?«

»Denkst du vielleicht, es hat mich angetörnt oder
gar Spaß gemacht, wenn ich euch durch die dünne
Zimmerwand gehört habe. Euer Stöhnen und die
Lustschreie von Lorna? Manchmal habe ich es mir

dann selber gemacht. Das hat aber nie so große Lust gebracht wie das, was wir gerade getan haben. Und gleich noch mal tun werden!«

17

Als ich mit Lornas gewünschten Kleidern in die Psychiatrie kam, stand ich erst mal vor der verschlossenen Glastür. Diesmal saß ein Mann in der Pförtnerloge, nicht die Frau, die ich und die mich schon kannte.

»Die Tür geht nicht auf«, monierte ich.

»Das soll sie auch nicht«, sagte er. »Nicht, bevor ich gesehen habe, was du da in der Tasche reinschleppst. Du weißt: keine schweren Gegenstände, keine Messer, auch keine spitzen Gabeln.«

»Ich hab nicht vor, da drinnen ein Picknick zu veranstalten«, sagte ich.

»Der junge Mann beliebt zu scherzen«, sagte er. »Gib mir deine Tasche!«

Ich reichte sie ihm.

»Kannst gehen!«, sagte er, nachdem er die Tasche durchwühlt hatte, und gab die Tür frei.

Ich fand Lorna in anderer Stimmung vor als beim letzten Mal.

Sie saß auf der Eisenbank im Innenhof, hatte die Beine auf der Sitzfläche ausgestreckt und nahm sie herunter, um mir Platz zu machen.

Ich setzte mich neben sie. Die große Tüte mit ihren Kleidern stellte ich am Boden ab. Sie beugte sich nach unten und begutachtete den Inhalt.

Sie wirkte deutlich wacher als beim letzten Mal.

»Kannst du gleich wieder mitnehmen!«, sagte sie, nachdem sie die Kleiderprüfung abgeschlossen hatte.

»Wieso? Hab ich die falschen Kleider eingepackt?«, fragte ich.

»Ist schon gut«, antwortete sie.

Das dämpfte aber kaum meine Verwirrung. »Was ist gut?«, fragte ich.

Sie beantwortete meine Frage nicht, sondern stellte eine Gegenfrage: »War Katharina da, als du meine Kleider geholt hast?«

»Ja.«

»Und sie hat dich verführt, gib's zu!«

Ich hätte es leugnen können. Aber es drängte mich, es ihr zu sagen.

»Stimmt genau.« Das war meine Rache an Lorna, meine Vergeltung für ihre Liebschaften. »Und ich sie!«

»Diese Schlampe!«, sagte sie, lachte aber dabei. Es schien sie nicht besonders zu tangieren.

»Weißt du, wann du wieder raus darfst?«, fragte ich.

»Ja«, sagte sie. »Und ich weiß auch, dass du mich nie mehr hier drinnen besuchen wirst.«

»Wie meinst du das?«, fragte ich. »Hast du vor, wieder über die Mauer zu klettern und dann unterzutauchen?«

»Über eine Mauer klettern und drüben zu landen«, sagte sie. »Das wäre eine passende Bezeichnung.«

Ich war beunruhigt.

»Bitte, mach nichts, was du hinterher bereust«, sagte ich.

»Ich verspreche, dass ich nichts hinterher bereue«, sagte sie. »Jetzt geh!«

Ganz überraschend umarmte sie mich, drückte ihren schmalen Körper an meinen, drehte sich dann schnell um und ging ins Gebäude zurück.

Ich sah ihr nach.

Dann wandte auch ich mich um und ging nach draußen, die Kleidertüte in der Hand.

18

Drei Tage später, bei meinem nächsten Besuch in der Psychiatrie, saß wieder die mir bekannte Frau in der Pförtnerloge. Sie machte ein ernstes Gesicht, als sie mich sah.

»Du willst zu Lorna Grassnitzer«, sagte sie. Es war keine Frage, es war eine Feststellung.

Ich nickte.

»Warte hier! Der Arzt will dich sprechen«, sagte sie.

»Welcher Arzt? Warum?«, fragte ich.

Sie antwortete nicht, hatte schon den Telefonhörer am Ohr. »Der junge Mann, der sich als ihr Verlobter bezeichnet«, sagte sie in den Hörer. »Ja. Mache ich.«

Ich stand bestimmt fünf, sechs bange Minuten neben ihrer Loge. Ein anderer Besucher hatte inzwischen um Einlass gebeten, was ihm gewährt wurde.

Endlich kam der Arzt. Ein junger Mann mit einem dunklen Teint.

Er stellte mir die gleiche Frage wie zuvor die Frau. »Du möchtest zu Lorna Grassnitzer?«

»Ja!«

»In welchem Verhältnis stehst du zu ihr?«

»Wir sind ... oder wir waren ein Paar«, sagte ich.

Er betrachtete mich prüfend. »Dann komm mal mit in mein Zimmer«, sagte er. »Ich darf dich doch duzen?«

»Gerne«, sagte ich, während ich ihm zu seinem Zimmer folgte. An der Tür hing ein Schild »Dr. Dipl. Psych. Murat Al Sleiman«.

Im Zimmer setzte ich mich und sah ihn gespannt an. Warum machte er alles so spannend und mysteriös?

»Lorna Grassnitzer ist nicht mehr hier bei uns. Du findest sie in der Dr. Brandner-Klinik.«

»Warum denn?«

Er antwortete mit einer Gegenfrage: »Hattet ihr Streit? Gab es Probleme zwischen euch?«

Ich schüttelte entschieden den Kopf. »Nein!«

»Lorna hat heute Nacht einen Selbstmordversuch unternommen«, sagte er.

»Nein! Und?«, rief ich.

»Sie hat wohl über Tage ihre Tabletten gesammelt, auch die von Mitpatienten gegen Zigaretten eingetauscht, alles in Wasser aufgelöst und getrunken. Wir haben sie zu spät gefunden. Ihr wurde gleich der Magen ausgepumpt, aber, wie gesagt, zu spät. Sie hat leider irreparable Gehirnschäden erlitten.«

»Gehirnschäden?« Ich war entsetzt. »Was genau bedeutet das?«

»Am besten, du machst dir selbst ein Bild«, sagte er. »Die Adresse der Dr. Brandner-Klinik wirst du ja wohl herausfinden.«

Meine Gedanken wirbelten durch den Kopf wie Blätter in der Salatschleuder. So verwirrt war ich, dass ich beim Hinausgehen aus dem Psychiatriegebäude mit der Stirn gegen die geschlossene Glastür stieß.

19

Lorna lag auffallend blass unter einer dünnen Zudecke in ihrem metallenen, weiß gestrichenen Krankenhausbett.

Sie trug ein hellgrünes Oberteil, das durch drei breite Stoffriegel zusammengehalten wurde, blickte über mich hinweg starr zur Zimmerdecke und nahm mich offensichtlich nicht wahr.

Über ihr, an einem gewölbten Galgen, hing eine lederne Schlaufe, zum Festhalten beim Aufrichten, daneben die Klingel für die Pflegerin.

Ich drückte sanft ihre Hand, schob dann einen Stuhl zu ihr hin und setzte mich.

Neben dem Bett stand eine Halterung auf Rollen, an der an einem Haken ein mit durchsichtiger Flüssigkeit gefüllter Plastiksack hing, von der Größe des mit Apfelschnitten gefüllten Behälters, den ich früher in meiner Kindergartentasche mit mir getragen hatte. Von diesem Sack ging eine durchsichtige, weiche Röhre nach unten, die in einem Zugang in Lornas linker Armbeuge endete. Er war mehr zu ahnen als zu sehen, da er mit einem weißen, quadratischen Pflaster überdeckt war.

Ein drehbares Ventil am oberen Ende der Leitung diente der Regulierung und bestimmte, wie schnell die Flüssigkeit aus dem Tropf nach unten träufeln durfte.

Aber auch Lorna hatte Einfluss auf die Fließgeschwindigkeit, wie mir auffiel. Hielt sie den Arm gebeugt, tropfte die Flüssigkeit träge und wie unwillig nach unten. Beim gestreckten Arm sprudelte sie so schnell, dass sich winzige Schaumbläschen bildeten.

»Lorna?« Sie zeigte keine Reaktion.

In ihrem bleichen Gesicht zeichneten sich, kaum sichtbar, einige Narben ab. Sie waren mir vorher nicht aufgefallen. Späte Zeugen ihres Autounfalls.

Ich hatte es damals auf mich genommen, ihr das Schlimme zu erzählen.

Als sie aus der Narkose erwachte, war ihre erste Frage gewesen: »Wie geht es Magnus?«

»Er hat den Unfall nicht überlebt. Er ist tot«, hatte ich gesagt.

Sie hatte das Kissen über ihr geschundenes Gesicht gelegt und lange geweint.

»Lorna?«, ein neuer, ergebnisloser Versuch, Kontakt mit ihr aufzunehmen.

Ich versuchte, in ihrem gealterten, von Medikamenten zerstörten Gesicht das der jungen Lorna wiederzufinden. Lorna, die Toni Liebert den Ball ins Gesicht geschossen hatte. Was ihn den halben Schneidezahn gekostet hatte. Um es ehrlich zu sagen: Eigentlich war ich an seinem Zahnunfall schuld gewesen. Ich hatte den Ball geschossen, er hatte Lorna gestreift, sie hatte ihn dadurch unabsichtlich abgelenkt, direkt in Tonis Gesicht. Danach hatte sie die Schuld auf sich genommen.

Der Schneidezahn war inzwischen längst repariert. Ich hatte Toni zufällig im Eingangsbereich des Krankenhauses getroffen und mich mit ihm über Kinderzeiten unterhalten.

Er war inzwischen Juniorchef in der Getränkehandlung seines Vaters und belieferte das Krankenhaus, in dem Lorna lag, mit Mineralwasserkästen.

Pfarrer Kaminski, erfuhr ich von ihm, war schon lange verheiratet, hatte Kinder und sogar schon Enkel. Was ihm als evangelischem Priester auch möglich war, im Gegensatz zu seinem Amtskollegen Ankenbrand.

Pfarrer Ankenbrand war im Alter immer sonderlicher geworden, hatte seine Tage damit verbracht, immer neue, immer dringendere Anträge an die Stadtverwaltung zu verfassen, die zulässige Höhe der profanen Bauten betreffend, hatte schließlich durchgedreht und war in die Psychiatrie eingewiesen worden, wo er bald darauf starb. Nun ruhte er schon seit einiger Zeit unter geweihter Erde. Die Stadt hatte ihn posthum zum Ehrenbürger ernannt, was ihm einen Sonderplatz unter dem Ginkgobaum im städtischen Friedhof bescherte.

»Lorna?« Ich versuchte ein drittes Mal, wieder vergeblich, ihre Aufmerksamkeit auf mich zu lenken, drückte noch einmal ihre Hand, stand auf, verließ leise das Krankenzimmer und ging über lange, gewinkelte Gänge mit bizarren Wandmalereien nach draußen.

20

S chatz, freust du dich?« Katharina legte ihre Hand
auf mein rechtes Knie.

»Kathi, ich kann so nicht schalten. Nimm die Hand
da weg!«, sagte ich. »Willst du einen Unfall provozieren?«

Sie nahm ihre Hand zurück.

»Worauf, meinst du, soll ich mich freuen?«, fragte
ich.

»Na, auf den Studienrat!«

»Es hat lang genug gedauert. Andere aus dem Kol-
legium sind schneller befördert worden. Der Globus
war genauso lang oder genauso kurz Assessor wie
ich und hat schon seit fast zwei Monaten den Titel.«

»Euer Musiklehrer? Heißt er wirklich Globus?«

»Die Schüler nennen ihn so. Eigentlich heißt er
›Welt‹, da bietet sich so ein Spitzname an. Noch dazu, wenn man so einen glatten, kahlen Kopf hat wie
eine Weltkugel.«

»Bist du neidisch auf ihn?«

»Nein. Ich versteh mich sogar besonders gut mit ihm. Unsere beiden Fächer, Kunst und Musik, sind die Exoten im Lehrplan. Die Schüler wissen, dass eine Fünf in Kunst bedeutungslos für das Weiterkommen ist. Da wäre eine Fünf in Mathe schon gefährlicher.«

»Du würdest sowieso nie eine Fünf auf eine Schülerarbeit geben, stimmt's?«

»Nur, wenn eine Schülerin oder ein Schüler die Arbeit verweigert und ein leeres Blatt abgibt.«

»Das kommt ja wohl nicht vor!«

»Doch, bei einigen Schülern schon. Die wollen mich provozieren.«

»Und was machst du dann?«

»Ich lasse mich nicht provozieren, gebe dem Schüler sein leeres Blatt zurück – es sind übrigens immer nur die Jungs, die so ticken. Dann sage ich zum Beispiel ganz freundlich: Ach, du hast eine Schneelandschaft gemalt. Sehr gut getroffen. Fehlt nur ein hellblauer Himmel obendrüber, und dein Bild ist perfekt. Das führt zu Gelächter in der Klasse, das nicht mir gilt, sondern dem Schüler.«

»Sehr geschickt«, sagte Katharina lachend. »Jetzt greif aber mal hinter dich! Dort wartet ein Geschenk auf Herrn Studienrat!«

»Ich kann doch nicht während der Fahrt nach hinten greifen!«, sagte ich. »Was ist es denn?«

Sie fasste um den Sitz herum und kramte eine lederne Aktentasche hervor. »Besser als deine schwarze

Leinentasche! Mit einem Extrafach. Zum Beispiel für den Notenkalender.«

»Danke«, sagte ich. »Aber auch mit einer Ledertasche wird morgen der Unterricht nicht einfacher. Zwei Doppelstunden 8a und 8b. Die sind mitten in der Pubertät und wissen, wie man einen Nebenfachlehrer quält.«

»Es sind ja nicht nur Jungs in der Klasse, sondern auch Mädchen. Die wirst du mit deinem Charme um den Finger wickeln.«

Ich lachte.

»Sag mal …«, fing sie an, und an ihrer Stimme war zu hören, dass sie das nun Kommende ungern zur Sprache bringen würde.

»Ja?«

»Müssen wir wirklich alle drei, vier Wochen in dieses Pflegeheim?«, fragte sie.

»Lorna war doch auch deine Freundin«, sagte ich.

»Freundin war sie nie. Zimmernachbarin, ja. Mehr nicht.«

»Sie hat niemanden mehr. Ihre Mutter ist tot. Wer soll sie sonst besuchen?«, fragte ich.

»Warum soll man sie überhaupt besuchen? Sie kriegt es sowieso nicht mit.«

»Bist du dir sicher? Vielleicht gibt es im hintersten Winkel ihres kaputten Gehirns doch noch so was wie eine Erinnerung.«

»Erinnerung an dich natürlich. Das würde deiner Eitelkeit Auftrieb geben.«

Ich hatte keine Lust, darauf zu antworten. Wir hatten sowieso den Parkplatz des Pflegeheims erreicht und stiegen aus.

Lorna saß wie üblich im Rollstuhl, neben ihr eine Pflegerin, die ich schon kannte.

»Setzt euch«, sagte sie. Sie duzte uns und sprach mit einem deutlich hörbaren polnischen Akzent. »Dort sind Stuhl!«

Offensichtlich war sie dabei, Lorna zu füttern.

Ich fasste zur Begrüßung nach Lornas Hand.

Die Pflegerin wischte meine Hand weg. »Nicht ablenken! Sie soll nur zu mir schauen. Sonst ist noch schwieriger für mich.«

Lorna trug eine durchsichtige Schürze aus Plastikmaterial, die hinter ihrem Hals und Rücken mit orangefarbenen Bändern zugebunden war.

Die Pflegerin hatte über diese Schürze noch eine handtuchlange Papierserviette gelegt.

Das war auch nötig, wie die herunterlaufenden Essensreste auf der Serviette zeigten.

»Lorna, Mund auf!«, befahl die Pflegerin.

Es war nicht ersichtlich, ob sie die Aufforderung der Pflegerin wirklich verstanden hatte oder in Erwartung des gefüllten Löffels nun den Mund weit aufriss, den Blick zur Zimmerdecke gerichtet.

»Jetzt kauen! Kauen, Lorna!« Die Pflegerin beugte sich weit vor, um in Lornas Mund schauen zu können. »Kauen, bitte!«

Katharina stand vom Stuhl auf. »Das ist nicht zu ertragen!«, sagte sie. »Du kannst ja noch eine Weile bei der Fütterung zusehen, wenn du es für nötig hältst. Ich warte unten im Auto auf dich.«

Lornas Unterkiefer hing nach unten, der Mund stand weit offen. Das Essen, wohl Kartoffelbrei mit etwas Gemüseähnlichem, lief aus ihrem Mundwinkel und rann über das Kinn. Die Pflegerin wischte es mit einer Serviette auf, die schon feucht war.

»Kauen, Lorna, kauen und schlucken!«, wiederholte sie ihre Aufforderung, während sie einen leeren Plastiklöffel in Lornas Mund steckte.

Dies löste wohl einen Impuls bei Lorna aus, denn sie kaute nun lange, bedächtig und schien nicht damit aufhören zu wollen.

Die Pflegerin schaute eine Weile zu, bevor sie »Und schlucken, Lorna. Schlucken!« befahl.

Lorna schluckte, bekam aber einen heftigen Hustenanfall. Essensteile waren ihr wohl in die Luftröhre gelangt.

Die Pflegerin stand schnell auf und klopfte ihr auf den Rücken.

»Willst du noch länger schauen?«, fragte sie mich dabei. »Ist interessant für dich?«

Ich schüttelte den Kopf und stand auf.

Sie fragte: »Bist du verwandt mit sie?«

»Nein«, sagte ich. »Ich war mal sehr in sie verliebt.«

Ich wartete, bis sich die Pflegerin wieder auf ihren

Platz neben Lornas Bett gesetzt hatte, und reichte ihr die Hand: »Bis zum nächsten Mal!«

»Nächstes Mal ist wohl andere Pflegerin da«, sagte sie. »Nächsten Dienstag ich fahre nach Gliwice zurück.«

»Und dann?«, fragte ich.

»Sag ich dir doch: Andere Pflegerin kommt, Oxana. Fährt mit Bus von Chelmno aus. Wirst sie kennenlernen.«

»Hoffentlich ist sie auch so freundlich wie Sie«, sagte ich.

»Danke!« Sie lächelte.

Ich schloss die Zimmertür hinter mir, versuchte, mich im Gang zu orientieren, und verlief mich prompt.

An der Decke des düsteren Flurs waren Bewegungsmelder installiert, die alle zehn, zwölf Meter Leuchtstoffröhren bläulich aufstrahlen ließen.

Die Wände waren mit Bildern verziert. Das Thema des unbekannten Malers war wohl »exotische Tiere« gewesen. Zwischen dicken dunkelgrünen Blättern versteckten sich ein Nashorn, ein Zebra und ein Elefant.

Da die Streifen des Zebras nicht die Rundung des Tierkörpers zeigten, sondern im gleichen Abstand senkrecht von der Kruppe bis zum Bauch gingen, sah das Zebra aus, als sei es flach wie aus Pappe. Der Rüssel des Elefanten glich einem Staubsaugerschlauch.

Lukas Kaminski aus der 12b hätte es besser hin-
gekriegt.

Am Ende eines Ganges überstrahlte Tageslicht
das künstliche.

Erleichtert öffnete ich eine Tür, schloss sie aber
gleich wieder, denn sie verbarg nur einen kleinen,
mit Mülltonnen vollgestellten Innenhof.

Ich folgte dem Gang zurück, fand eine Abzwei-
gung und schließlich den richtigen Ausgang.

Eine Drehtür spuckte mich nach draußen.